ま　ぜ　ま　ぜ

野村喜和夫

河出書房新社

まぜまぜ　目次

装幀　水上英子

まぜまぜ

第一部

自然科学の用語を使って要約すれば、交接は肉体と生殖細胞とを同時に満足させようとし、実際に満足させるということができる。肉体にとって射精とはひしめく分泌物の解放を意味している。生殖細胞にとっては、それは自分にもっとも好ましい環境へ入ってゆくことを意味している。しかし、これを精神分析学的に把握すると、精液と同一化したおかげで肉体は緊張から解放されたいという利己的な望みさえかなえられないばかりか、同時に、誕生の際にやむなく見捨てた母体のなかへ幻覚の上で、象徴的（部分的）に復帰したという生殖細胞の実感的満足に加わるのである。これこそわれわれが、個体の観点から、交接のリビドー的役割と考えるところのものである。

——フェレンツィ『タラッサ』

0

すべてはごたごたと、森の混沌あるいは人生の核心に向かってすすんでゆく。

1

眼をさませ。どこからかそんな声が聞こえてきて、しかし、眼をさましたくともその眼はどこにあるのか、はるか上のほうにあって、そこに辿り着くまでがたいへんそうだ。たくさんの器官、たくさんの神経網や筋肉層をくぐっていかなければならず、それはひどく骨の折れることのように思えて、もう眼なんかどうでもよく、器官もろとも、まわりの軟泥に呑み込まれてゆく圧倒的な無力感だけがどうしようもなく心地よい。

眼をさませ。もう一度どこからかそんな声が聞こえてきて、今度はその眼がすぐ上に感じられ、身を伸ばすと眼が自分の内側に収まったという感覚があり、つまりようやく意識が戻った。私は仰向けに横たわっていて砂の感触があり、眼を開けると空が赤い。夕映えであろうか、だがそこから、さらに赤黒くみみず腫れを走らせたような雲が浮かび上がっているので、おぞましさにふたたび眼を閉じ、すると今度は波の音が聞こえてきた。まさか。でもたしかに、ザザザザと耳の近くに迫ってきて、またザザザザと遠ざかってゆく。通常のよりいくらかゆったりとして、音が音を引き取り一緒にこもってゆく感じだが、波の音にはちがいないので、私は海の近くに来ているのだろうか。

やがて別の音も聞こえてきた。地の底のほうから響いてくる、今度はいっそう鈍くこもった重低音。心臓の鼓動のような、いやそうとしか思えないようなビートがあり、リズムがある。

それでようやく思いあたった。波の音がし、鼓動もひびくような場所、そんなところはひとつしかない。貞子さんの海。私はもう一度眼をひらいた。みみず腫れのような赤黒い雲は、あれはたぶん貞子さんの大いなる血管でもあるのだろう。だが、もうおぞましいとは思わない。貞子さんの、ということは、憧れの、という意味であり、さらには、母なる、ということとほとんど同じだ。憧れの母なる血管。じっと眼を凝らすと、それは通常の雲のように刻一刻と形を変えてゆくというようなことはなく、どころか、かすかに収縮と膨張を繰り返して、空の奥のほうに血液を送り込んでいるらしいのがわかる。

さらに眼を凝らすと、雲の一部がめくれかえっているところもあり、そこから、白っぽい星のようなものがまたたいているのがみえた。またたいて、それからうすれてゆく。しばらく経つとまたまたたき始める。

私たちの主もまた、おそらくはここと同じ母なる海で誕生し、細胞の分裂を繰り返しながら、巨大な存在にまで育まれたのだ。それから、ここととは別の、いわゆる世界へと出て、やがて、主自体がたえまなく私たちを産出するひとつの世界となったのだ。

私はゆっくりと起きあがり、周囲を眺め渡した。みたところふつうの入り江という感じだった。弓状に湾曲した波打ち際。そこからゆるやかな傾斜をなして陸地へとつづいている砂浜。ただ、全体に赤色のフィルターがかかったみたいに、なにもかもが濃くあるいは薄くピンクに染まっていた。もっとも濃い色、ワインレッドに近い色をしていたのは、ほかならぬ海だった。ねっとりとした感じの波が、あまり水しぶきは立てずに、寄せては返している。入り江の両側には山が迫っていて、右側のはこんもりと樹木に覆われているのに、左側のは、火口を思わせるみるからに脆そうなむきだしの山肌が、そのまま海に落ちかかっている。

ざっとそんな風景だった。私は浜辺のなかほどに、まるで海から打ち上げられた魚か何かのように横たわっていたことになる。いや、比喩ではない。貞子さんの海を渡り、あるいはくぐり、ほんとうにここに打ち上げられたのだ。そうとしか考えられない。からだが濡れていないのは不思議だが、筋肉疲労があり、口の中が苦い。数秒ぼうっとしてからあらためて眼を働かせると、私から数メートル離れたところに、もうひとり仰向けに横たわっている。這うように近づいていって顔をのぞこうとすると、そのまえに向こうも気がついて、眼が合った。

「あ、プファ」

「あ、プフィ」

どうやら私たちは助かったようだった。

2

それとともに、いっさいのことが思い出されてきた。私たちが誰であり、何が起きてこんなところにいるのか、そのいっさいがあっという間に了解され、私は軽い眩暈のようなものを覚えた。

ストーム。そう、いっさいはストームによって引き起こされたのだ。いや、いまだってストームは続行中であり、しかもこのさきには、その最大のヤマ場ともいうべき出来事が待ちかまえているかもしれないのだ。ぐずぐずしてはいられない。ミッション？　本能？　よくはわからないが、私たちがなにかに突き動かされた存在であること、ある唯一無二の目的に向かって是非もなく方向づけられた存在であること、それは意識が戻ったばかりのこんな状態でも痛いほど了解されるのである。

だがそのまえに腹ごしらえだ。そのくらいの猶予はあるだろう。というか、いまここでエネルギーを補給しなければ、ミッションにせよ、本能にせよ、それを全うすることはとうてい不可能であろう。

奇跡のような再会を喜び合ったあと、私たちは支え合うようにして立ち上がり、ふらふらと波打ち際を歩きはじめた。砂は通常の浜辺のそれよりいくらかふわふわした感じで、まるでフェルトか何かのうえを歩いているようだ。そのときはじめて、私たちは裸足であることに気づいた。

それから、禁断の木の実を食べたあとのアダムとイヴのように、自分たちの身なりに意識が向いた。私もプファも薄汚れた白いチノパンツのようなものを穿き、上半身は裸だ。気温が高いせいだろう、それでも寒さは感じなかった。ストームが起きたときには、たしかシャツも上着も着ていたはずなので、ここに至る過酷な旅のどこかで脱ぎ捨てたのだろう。あるいは、剝ぎ取られたのだろう。

さて、何か食べるものはないか。ふと浜辺の奥まったほうをみると、その一角に、石で囲んだ小さなサークルがあり、それをまたいで三脚に組まれた木まであって、煮炊きをした形跡はあきらかだった。以前にここを訪れた者が使ったのだろう。ということは食べるものがあるということだ。しかし、浜辺を端のほうまで歩いても、魚とか貝とか、期待していたようなものは何もみつからなかった。わずかに、端の岩場のうえに、ひとかかえほどもある大きなコウモリのような生き物の死体があった。

マクロファージだ。ぞっとして私たちは退いた。あれほど私たちを恐怖させ、苦しめ、あれほどたくさんの私たちの仲間の命を奪った恐るべき敵だ。氷片が歯にしみるように、なまなましい恐怖の体験の記憶がひろがった。

どうしよう。あたりを見まわすと、さいわい岩場の下が大きくえぐられたようになっている。私たちはとっさにそこに身をすべりこませた。そしておそるおそる首を出し空を見上げたが、マクロファージの姿はみられない。考えてみればさっき目を覚ましてからずっとそうだ。さしもの空飛ぶハンターも、滅多にここまでは襲ってこないのかもしれない。いま遭遇したマクロファージの死体も、何かのはずみにここまで飛来してしまって、体力の衰えたところを誰かに仕留められたものかもしれない。

そう判断して私たちは岩陰を出た。私よりもクールで勇敢なプファが、もう一度死体に近づき、足でそれを裏返したりしながら、どこか食べられそうなところはないかどうか検分を始めた。私も寄り添った。でも、マクロファージについて知識は何もない。さっき、ひとかかえほどもあるコウモリと言ったが、よくみると顔はむしろ昆虫のようだ。ミラーボールみたいに飛び出た眼にはまぶたがなく、逆に口には吻があって、おとなしく内側へ折り畳まれている。私たちにあれほどの恐怖を与えた生き物も、死んでしまえばただの間抜けのようにしかみえない。おまけに、プファが腹を押さえて片脚を引っ張ると、ほろほろっと、ローストチキン並の簡単さで取れたので、それを持ち帰ることにした。まだ腐ってはいないようだ。毛や羽根はない。やや光沢のある黒い表皮が肉を覆っているだけだ。

「これ、食えるんじゃないかな」

「たぶんね。さっきの石の囲いを使って焼こう」

しかし鼻を近づけるとなんともいやな匂いがする。浜辺の奥は森になっていて、私たちはすぐにもそのなかに入って最後の冒険への旅を敢行しなければならないのだが、その森の縁にタイムに似た草が生えていたので、これなら匂い消しに役立つかもしれないと思って引き抜いた。ついでに、枯れ枝や枯れ葉の類も集めた。

あとは水だった。水が飲みたい。すると、幸運というものはつづくものだ、やはり森の縁の大きな岩のあいだから、赤ワインを薄めたような色の水がしみ出ていた。私たちは走り寄って、岩の割れ目に直接口をつけて飲んだ。わずかに塩の味がするのと、さらにかすかに、血を口に含んだときのような金臭さがあって旨くはなかったが、それでも私たちはごくごくと喉を鳴らした。

喉の渇きが癒されると、さきほど見つけた石の囲いまで戻った。そのなかに枯れ葉や枯れ枝を入れ、さらにその上の三脚に蔓でマクロファージの腿を吊し、タイムに似た草を巻きつける。マクロファージの炙り焼き。さてと、火はどうしようか。ズボンのポケットをさぐるような仕草をして私が立ちつくしていると、さいわいたばこを吸うプファがライターを持っていて、それを貸してくれた。

「火つくだろうか」

なにしろ貞子さんの海をくぐったのだ。湿気てしまっているかもしれない。あまり期待もせずカチッと点火ボタンを押してみると、うそのようにボッと蒼白い火がついた。

「おお」

その奇跡の火を近づけると、煙とともにぱちぱちと枯れ葉が燃え上がった。やがて枯れ枝にも燃え移って、肉を炙るいい感じの火になった。私たちは火を囲んで座って膝をかかえ、肉が焼き上がるのを待った。

ところで、いま何時なのだろう。所在識がはっきりし、飢えや渇きの問題にもメドが立つと、時間が気になり出した。そこで反射的に腕時計をみようとしたが、腕にはなにもつけていない。プファも同じ意識のプロセスを踏んだようで、

「いま何時かな」と訊いてきた。

「さあ」

私は空を見上げた。太陽も月もみあたらない。相変わらずの夕映えのような赤黒い空が広がっているだけで、さっきより暗くなったとか明るくなったとか、

そういう時間の推移は感じられなかった。貞子さんの海と浜辺には、永遠の薄明があるだけなのかもしれない。

もちろんそれは無時間ということではない。ミッションか本能か、何かに駆り立てられるかのように、ぐずぐずしてはいられないという気持ちが、たえず私たちにはある。何かしら猛烈な速さで時間は流れているのだ。

3

思い出す。私たちが知り合ったのは、とあるジムにおいてだった。私たちの街にはいくつもジムがあり、場所によってはジムに埋め尽くされているといってもよかったが、それというのも、私たちの仕事は待機、つまりある大きな出来事を待つことそれ自体であり、ストームと呼ばれるその出来事に備えて体を鍛えておくことは、ほかの何にもまして私たちに課せられた重要なプログラムであった。

待つこと、それは意外にしんどい仕事だ。誰に命じられていたわけでもないが、かといって私たちは自由だったかというと、そうともいえない。ただひたすら待たなければならないあまり、何を待っているのかわからなくなってしまう者もいた。世にいうワーカホリック、あるいはストレス障害だ。気分転換に体を動かしましょう。仕事ですでに体はたっぷり鍛えたというのに、そこでまたジム通いとなる。

奇怪な堂々めぐりというべきだろうか。とはいえ、もう中年の私は、そのうえもともと自分の肉体というものにまるで自信がなく、だから比較的すいている午後早くの時間帯を狙ってジムに通っていた。ところが、まだ若い彼プファもまたよくその時間に姿をみせた。といっても、彼の場合は、ほとんどもうマッチョになりかけの肉体の持ち主だったから、それを人目に曝したくないという気持ちは希薄だったろう。むしろ、すいている方が存分にマシンを使えるという理由で、その時間帯を狙っていたのではないだろうか。

ストームの日まで、私たちは言葉も交わさなかった。私のトレーニングは、トレーナーの指示通りに、バイクから始まって、ストレッチ、筋トレ、そしてまたバイクあるいはランニングマシンと、まんべんなくメニューをこなす。ところが彼は、それとなく観察していると、バーベルとかベンチプレスとか、ひたすら筋トレだけなのだ。変な奴だとは思いながらも、若いから、バイク漕ぎなどで格別燃やすべき体脂肪もないのだろうと、私はまた眼を自分のマシンに戻して、刻々に更新される消費カロリーの数字を追った。

トレーニングのあとはサウナだ。私のような年齢になると、これが楽しみで筋トレやらランニングやらの苦行に励むという感じになる。あんなクソ暑いところに身を置き、たらたらと汗をかくことが、どうしてあんなに心地よいのか。生理学的意味はよくわからないが、心理学的には、苦痛を伴う快楽はただの快楽より何層倍も大きいということと関係がありそうだ。

サウナのなかで、私はときどき瞑想した。というか、スポーツ選手がよくやるイメージトレーニングのように、来るべきストームの光景を脳裏に描き出すことに意識を集中した。すなわち、猛烈な勢いで私たちは押し出されてゆく。「うわあーっ」私たちの叫びが主の巨大な管にこだまする。私たちの尺度からすれば気が遠くなるほどに長く伸び、充血しきった主の男性器官、それはいま、柔らかくうねるなにかしら慈愛の洞のような世界に潜り込み、あるいは包み込まれて、快楽のきわみに達したところなのだが、そのなかを、世の終わりのような得体の知れない熱風と振動に押されて、まるで水上滑り台を滑り落ちるときのように、あるいは氷壁を滑走するボブスレーの選手たちのように、いやもっともっと速く、自分たちは通過してゆく。しかもものすごい群れをなしたまま、一瞬の出エジプトさながらに。

あるとき、ということはつまりストームが起きた当日だが、そのサウナルームで、プファとまるまる一〇分間一緒だった。ほかに誰もいない。最初の数分間は、それでも無言のうちにどうということもなく過ぎた。私はときおり、隣の若い肉体に眼をやった。胸板はそれこそ鋼をたわめたように厚く張り、その下の腹筋は見事に割れて汗を溜めることができるほどだ。ほれぼれと眺めて、それから、腹筋の確かめようもないわが中年の肉体に眼を戻して、を繰り返すうち、やがて、無言それ自体が息苦しく感じられるようになった。双方の全身から噴き出る汗のぷつぷつをみていると、まるで無言がそのぷつぷつになって私たちの肌の表面に出てきたかと思われた。

そのとき、アラームが鳴った。サウナ室の熱い空気がびりびり震えて、思わず私たちは眼を合わせた。警報はもちろん何かの間違いで、すぐに止み、「ご迷惑をおかけしました。トレーニングをお続け下さい」という館内放送が流れた。合わせた眼の行方を引き継ぐようにして、私から言葉が出た。

「筋トレ、ずいぶん熱心ですね」

「ええまあ」

「なにか特別な目的でも？」

するとプファは、

「知らないんですか」と、少し驚いたように言葉を返した。

「えっ？」

「あ、じゃ、やっぱり知らないんだ」

それはなにか私をすこし侮蔑しているようでもあった。たしかに私は学者肌で、世間で何が流行っているか、何が話題になっているかというようなことについて疎いところがある。すこし呼吸をおいて、プファはつづけた。

「ヘモグロビン屋から聞いた話なんですけど、最近、主の体調に異変が起きたらしいですよ」

「どんな？」

「脳腫瘍、それもかなり悪性の」

4

　さらに思い出す。まるで思い出すことにはきりがないというように、あるいはむしろ、思い出が思い出を越えてまだ何か思い出しているというように。というのも、そこで思い出されているのは私でもプファでもなく、主でも主の病気のことでもなく、ただの男と女、名前も何も失ってただの肉の影に還元されてしまったかのような男と女であるからだ。しかし思い出しているのは依然としてこの私であろうから、その男とはつまり私の前世の姿であるのかもしれず、それがとある女と絡んで織りなしてゆく刻々のシーンが、ときどき、さながら不吉なフラッシュバックのように私の脳裏に映し出されるのだ。

　いや、男と女は、その脳裏からも飛び出して、独自のなまなましさで一人歩きし始めているのかもしれなかった。そうにちがいない。

女は葡萄を持っていた。なぜかはわからない。喉の渇きをいやすために、どこか途中で買い求めたのかもしれない。だが、それなら清涼飲料水で十分なはずだ。なぜ葡萄なのか、そこには何か男に告げたい特別なメッセージでも隠されていたのか。いや、たぶんちがうだろう。何の意味もなく女は葡萄を持っていた。その辺にころがっている石か何かを、ひょいと拾い上げた、そのくらい無意味に。それでいけないという法はない。

男が女に出くわしたのは男の家の門扉の前だった。その日男は、昼近くに所用といつわって車で出かけ、だがすることはとくになく、国道沿いのラーメン屋でひとり昼を済ませてから、また家に戻ってきたところだった。時代遅れみたいな味噌ラーメンは可もなく不可もない味で、だがときおり無性に食べたくなる。困るのは、食べたあといつもモヤシとかニラの繊維が歯のあいだに挟まってしまうことだ。それを舌で何度もこそぐようにしているうち、車は家まで辿り着いてしまって、ふとみると、門扉の前に、ノースリーブのこまかな花柄のワンピースを着た女が立っていた。くすんだ薄い肉の板きれか何かのように。

嘘だろうと男は思った。別れたはずではないか。瞬間、男の脳の片隅にぽつんとひとつ、闇の斑が浮かび上がった。和紙の上に落としたインクのしみのようにそれは滲んで、ややひろがって、そのまま消えない。車体のぎらつく陽射しを直視したあとの、その残像の斑が尾を曳いているかと思ったが、どうもそうではないらしい。

やばいと思った。こんなところをうろうろされては家人や近隣の誰彼にみつかってしまうし、それでなくとも、これではまるっきりストーカーではないか。前にも二度同じことをやられているから、これで三度目だ。一度目は誘惑に負けて、女を抱いてしまった。二度目は二週間前のことで、あのときは首尾よく駅まで女を送り返すことができた。きょうはどちらだろう。いや、冗談も休み休みだ。今後女が何度俺の家を訪れようと、こちらのもてなしの仕方は二週間前と変わらない。駅まで送り返すまでのことだ。

そう思いながら男はとっさに身を乗り出して助手席のドアを開け、「乗れよ」と促した。女は一瞬迷って、しかしお目当ての相手があらわれた以上選択の余地はないわけだから、半分気まずそう、半分うれしそうにドアの方へ身をかがめてきた。男はもうすでに幾分か腹立たしい。そして、助手席に身を滑り込ませた女がまだドアも閉めきらないうちに、タイヤがきしむほどの切り返しをして車の向きを変え、急発進した。何はともあれ家を離れること、それしか念頭になかった。

狭い市道を五〇メートル、誰にも目撃されないことを祈って。すると県道につきあたる。道の向こうはコンビニエンス・ストアだ。いつもの店員がこちらを見ているような気がする。男は一時停止して、それから県道へ乗り入れたが、アクセルを踏み込みすぎて大きく対向車線のほうにはみ出してしまった。あわてて軌道を修正するが、今度はハンドルを切りすぎて、左前輪があやうく路肩に乗り上げそうになる。べつに女の前で格好をつけようとしたわけではない。もうつきあい始めてから数年になる。別れ話を男が持ちかけてからでさえ、一年以上が経つのだ。そんな女に派手なアクションを披露したところで何になろう。

むしろ狼狽だ。いや怒りだ。怒りが男にそんな運転をさせた。落ち着かなければとハンドルを握り直し、走行を安定させたところで、ちらっと女を見た。まぶしそうな顔をしている。睫毛が小刻みにふるえて、そこに昆虫でも飼っていそうな感じだ。カーラジオからは女性歌手の歌声が聞こえてきて、声の化石のようだと思っていたら、すぐにそれが、むかし流行った中島みゆきの「悪女」だとわかった。なんというタイミングだ。男はラジオを消した。ついでに、仏頂面のままもう一度ちらっと助手席を見ると、やはり女はまぶしそうに前方をみつめつづけている。たしかに初夏の昼下がりで空は晴れているが、逆光ではなく、車内は眼を細めるほどのまぶしさではない。いつもそうなのだ。なにか間が持てなくなったり言葉につまるような局面になると、きまって女はまぶしそうな顔になる。そして膝に置いた両手をもじもじさせていることも、いつも通りだ。その手の下に葡萄がみえた。

5

「性とは、大地の香りそのままの、われわれのあらかじめの遺品である」
（プフォ『後背箴言集』）

6

主は無名のジャズフルート奏者である。というか、フルート教室を開いて生計をたてているただのインストラクターだ。だいたい、ジャズの管楽器といえばサックスかトランペットがほとんどで、フルートはきわめて少ない。それでも若いときにはそれなりにライブ活動なども行い、その道ではかなり名前を知られた「アフターマン」というグループに加えてもらったことさえあったが、なぜか次第にお呼びがかからなくなり、それとともにフルート教室のほうに仕事の比重が移っていった。主はほぼ独学だが、どこそこの音楽大学で誰それに師事とか適当に経歴をでっちあげて、市民ホールかどこかで年一回ほどの発表会を行えば、ぎりぎり食いつないでいけるだけの生徒数は確保できた。たしかに鬱屈はたまるけれど、音楽以外の仕事をしないでも済むのだから、それでよしとしなければならない。

　主はいつも、ライブをやっていた頃の衣装そのままに、黒いサングラスをかけ黒いレザーパンツを穿き、そして先のとんがった黒いブーツを履いている。上着はさすがに変化をつけて、紺か青のデニムのジャケットを羽織ることもあるが、冬場はパンツと同じ黒いレザーになることが多い。黒ずくめだ。そのようにしていればまた過去のささやかな栄光が呼び戻せるとでも思っているのか、あるいはむしろ、自分はその黒ずくめのなかに鬱屈や不穏をためこんでいる、近寄ると危険だぞ、というようなサインでも出しているつもりなのか、しかし見ようによってはそれ以上に、ロック野郎のなれの果てみたいな哀愁感が漂わないでもなかった。

　だが、私たちにとって主の生活や服装などどうでもよかった。問題は肉体だ。私たちもその運命をともにするしかない主の肉体。プファの話によると、主は数ヶ月前から頭痛に悩まされていた。モノが二重にみえたり、視野狭窄があったりもするので、もしやと思ってインターネットで調べると、やはり脳腫瘍の症状に似ている。恐くてまだ病院には行っていないが、主の体中を歩き回っているへモグロビン屋にはごまかせない。一般に脳腫瘍はいまや治る病気だが、主の場合はもっとも悪性の部類に入り、しかも症状がかなり進んでいるから、余命およそ一年。彼ははっきりそうプファに告げたという。

プファは心がざわめいた。いや、ひっとしたらプファのなかのプファを超えた何者かの心がざわめいた。袋小路じゃないか。ただでさえ主は、もう四〇になるというのにいまだに独身だ。以前はミュージシャンだといえばついてくる女もいたが、いまはもうそういうこともない。それに加えて脳腫瘍で余命一年では、俺たちはほぼ行き止まりの道に入り込んでしまう。

もちろん俺たちは主と一心同体である。主のなかで生まれ、主とともに生き、主の外に出ればたちまち死んでしまう。だが、主の外に出ても生き残れる唯一の場所があると聞いている。女だ。それは同時に、俺たちのかくされた真の存在理由が移動でありノマドであることをも教えている。もうすこし具体的にいうなら、主を脱出して別の主を見出すこと、ただしなぜかダイレクトにというわけにはいかないので、主を脱出してひとまず別の生命体つまり女を経由する。その端緒をひらくのがストームと呼ばれているあれだ。

俺は聞いている。もしも俺たちが主を離れ、女という、主とは別のもっとやわらかく脂肪に富んだ生命体に入り込むことができるなら、そしてそこで運よく地母という大いなる存在に会うことができるなら、その地母は必ず俺たちの望むように取りはからってくれるということだ。つまりもちろん俺たちのうわべは消えてしまうけど、俺たちの本質は残り、そのうえそれが乗り込むべき別のあたらしい主を用意してくれるらしいのだ。主は一〇ヶ月ほどのちに女のからだを離れ、自律した生を開始する。じっさい、そうして主から主へと、果てしなく乗り移ることによって、カゲロウほどにもはかない命の俺たちは、同時にある種の不死不滅の生を得てきたのだろうし、それがここでデッドエンドとなってしまっては、泣くに泣けないではないか。

「泣くに泣けない、ですか、まあそういうことです」言いながら私は、サウナを出た。シャワーで汗を落とし、ジェットバスにつかる。地母や不死の生については、私だってずっと考えてきた。そう、プファよりもずっと年季を入れて。ただ、そうしたことを熱く語るプファの心の若さを、ひたむきさを、私はもう失ってしまっているのだった。

「しかし」と、私のあとからジェットバスの泡に足を突っ込んできたプファが、その足と一緒にさっきの話のつづきをもってきた。「袋小路を免れる可能性が、まったくなくなってしまったわけではないらしいんです」

　私は思わず身を浮かせてしまった。ジャグジーのノズルから噴出する泡に足や腹をぶるぶるさせながら聞くには、あまりにも重大な話だ。プファはつづけた。

「これはヘモグロビン屋からではなく、ホルモン系のある営業マンから聞いた話ですけど、最近主は、ある女に激しい恋情を抱いている。もしその女に入り込むことができるなら……」

「地母に会えるかもしれない」

「ええ」うなずきながらプファは腕をのした。「で、そのためにも体だけは一層鍛えておこうと、そう思って、いましゃかりきに筋トレやってるわけなんですけどね」

　話を聞かされて、もちろん私も心がざわめいた。ただし、プファとはちがったニュアンスで。彼はある意味でエリートのような存在だ。若いし、体力はあるし、見事な筋肉の持ち主だ。頭だってたぶん悪くはないだろう。ところが私ときたら、本ばかり読んできたような中年である。万が一、プファの願望通りに女体に入り込めたとしても、体力が持つだろうか。一応ジムに通って体を鍛えるふりはしているが、それが気休め程度のものにすぎないことは、私自身よく心得ていることだ。

私たちは無言になった。私は自分の想いに沈んだ。もちろん、私とて地母に会いたい気持ちは燃え上がるほどにある。地母とは、書物で得た知識によれば、神々しく光るオレンジ色の大いなる存在だ。そこではすべてが宥められ、許され、すべてがひとつの始原の状態へと融合して、やがてそこからいまだ知られざる未来が徐々にかたちを成してゆく。想像しただけでも気が遠くなるようなすばらしさだ。

しかし、忘れてはならない。プファのような体力にすぐれた青年でさえ地母に遭遇するのは至難の業で、私たちのほとんどはその前に死に絶えてしまうのだ。地母へといたる旅は、どうやら危難の連続らしい。それならばのらりくらりと暮らしてこの街で一生を終えるか、私たちの先輩がいつも主にしてもらっていたように、主みずからの手によって外に出され、空気にさらされて、そこでむなしく死を迎えるかしても、似たようなものだ。いや、そのほうが余計な苦労をしないで済む分、まだましかもしれない。

だが、ひたむきなプファの姿をみていると、たとえ母なる鬢の藻屑と消えてしまうとしても、それでも行為として十分に美しいという気がする。壮大な任務、高貴な自己犠牲。これ以上の純粋な狂気があるだろうか――

というような私の想念を断つように、ジェットバスから出ながら、

「お名前は?」とプファのほうからきいてきた。

「プフィ、スペルマムプフィ」と私は、彼のたくましい背中に向かって名を告げた。

「俺、プファです、スペルマムプファ」と今度はプファが、振り返って私に名を告げた。

7

ジムを一緒に出たあと、私はプファを誘って、ベルギービールを飲ませる店に寄った。ジムのあとにヒューガルデンホワイトという白ビールを喉に流し込むことが、サウナにつづく私の何よりの楽しみなのである。プファはあまり酒は飲めないようだった。だが、いろいろとよもやま話をした結果、彼が快活で頭のいい好青年であることはまぎれもなかった。二杯目のヒューガルデンを注文したあと、私はさっきから気にかかっていることを口に出してみた。

「で、その、主の激しい恋情のことなんだけど」

「ええ」

「成就するだろうか」

「しないでしょうね」

「おいおい」私はかつがれているのではないかとさえ思い、ひとまず顔に戸惑いの笑みを浮かべようとした。恋情の相手は同じ街に住んでいる若い主婦で、まだろくに話もしたことがないという。

「人妻かあ」

「そうなんです」

「ということはつまり……」

「ということはつまり」と私の言葉をそっくり繰り返しながら、プファの表情が暗くなった。「レイプしかないでしょうね」

私は「あきらめるしかないだろうね」と言おうとしたのだ。もちろんレイプという行為の存在を知らないわけではない。どころか、私のなかにも私を超えた何者かの心があって、主の激しい恋情を聞かされたときから、その心が悪魔のささやきのようにレイプの三文字を私の意識にのぼらせてはいたのだ。しかし私たちにも人の道がある。いくらなんでもそんなことを簡単に口に出せるはずがない。私の動揺の落ち着くのを道のさきで待ちかねていたかのように、プファは言葉を繋いだ。

「主に粗暴なところがあるのは知ってるでしょう。そういう持って生まれた性質と、いまの恋情の激しさと、それからもうひとつ、これから余命を知ったときの、なんといったらいいのか、絶望感ですか、その三つの要素の相乗効果に、俺は賭けてみようと思うんです」

冷静にそう言い放ったが、うつむき加減のプファの顔の表皮のすぐ下には、プファの心とプファのなかのプファを超えた何者かの心との葛藤が、まるで浮き上がる毛細管の絡み合いのように読みとれるような気がした。

「知り合いに医者がいるんだけど」と今度は私が、あろうことか、プファのそのうわべの冷静さを引き継ぐように言った。「その医者の話では、男というのは、じっさい生命の危機が迫ると、不思議と性欲が高まるらしいよ。たとえば戦場に女がいたら、大変なことになる」

ところが、私たちのこんな対話の最中に、出来事の幕は思いも寄らない迅速さで切って落とされていたのだった。

8

巨峰というのだったか、あるいはもっと別の種類か、黒い大粒のやつで、おおむね粉を吹いたように曇っている果皮のうち、女の指の腹に触れた部分だけ、つやつやと輝いていた。なんとなく生気のない、肉の錆が出たような女の手とは対照的に。

顔はそんなに悪くない。むしろ整っているほうだと男は思う。とくに口元がよかった。上唇は引きがちに薄く、それに比して下唇がややめくれたようにみえるところが、肉感的といえなくもなかった。たとえば情交のとき、挿入されて軽く喘ぎ始めた女の髪や頬を撫でながら、人差し指をそのややめくれた下唇に触れると、女は上唇までひらいて、八重歯のある歯並びをみせた。その隙間にさらに人差し指を押し込むと、女は、私の指の爪それ自体にもなにか性的な意味でもあるかのように、繰り返し歯を立ててくるのだった。

　問題はからだだ。つきあい始めた当初はそれほどでもなかったのに、ずるずると関係をつづけているうちに、思いやりのない男の態度も影響したのだろう、どんどん痩せていって、いまでは、さっきも述べたように、薄い肉の板きれのようなのである。それにつれて肌も生気がなくなっていったようにみえた。

　それなのに、会えば抱きたくなる。そして抱いたあとは、ひどい自己嫌悪に陥ってしまう。男はふと、数日前にみた馬鹿げた夢を思い出した。夢はたいていすぐに忘れてしまうのだが、あまりに荒唐無稽かつなまなましかったので、めずらしく覚えていたのである。

　男はセミナーハウスのようなところに来ている。クビになった勤め先の、思い出したくもない研修か何かだろう。男は集団生活というものが苦手で、とくに朝がつらい。それでつい寝過ごしてしまう。個室ではなく、四人ひと部屋ぐらいの雑魚寝だ。同室の者はもう朝食をとりに食堂にでも行ってしまったのか、誰もいない。男はすこしホッとする。というのも、ついさっきまで女と同衾していたような気がするからだ。ありえないことだ。しかし、腰のあたりに甘美な官能の名残が感じられる。布団をはがしてみると、何ということだ、墨のような分泌液にまみれている。誰のだ？　まさか精液が黒いはずもないので、女のものだろう。そう判断したとき、折悪く掃除のおばさんが部屋に来てしまって、布団を片づけますと言う。黒い分泌液も眼にしてしまったようなので、男はあわてて「ゆうべ食べたイカスミのリゾットがあたったらしく、吐いてしまいました」などとわけのわからない言い訳をしながら、タオルやら何やらで布団の上を拭きはじめるが、拭くにつれて、たしかに吐瀉物のようにもみえてくる。

そこで眼が覚めた。同衾していた女がいまのこの助手席の女なのかはっきりしないが、七〇%ぐらいはそうだろうと男は思う。女はほかの女、たとえば男の妻ともまじりあいながら、吐瀉物のようなものに還元されてしまった。とまでは言わないまでも、夢をも含めたこれまでの人生のなかで男は、ひとりふたりと数えられる女を愛したというより、いくらかの量の女の分子を欲しただけではないのか、そんなふうにも思えてくる。

男は葡萄の房をみた。女という分子結合の模型かもしれない。夢のなかの黒い吐瀉物がそのまま形を変えてそこにあるようにもみえ、すると、わずかながら口に苦い液がこみ上げてくるのを感じた。

9

私たちがジムを出た頃、主はいつものように丘の公園に行き、桜の老樹の下でフルートの練習をした。自宅のスタジオでも出来るのだが、朝や夕方のすがすがしい空気を吸いながらの練習はやはり気持ちがよい。時刻は午後四時。いつもより少し早い。

楽器ケースからくすんだ金色のフルートを取り出しながら、主はあたりを見回した。近くに人がいないほうが練習しやすい。それに何より、またあの女に会えるかもしれないと思ったのだ。ときどき公園に犬を連れてやってくるあの女。ポニーテールが似合うぽっちゃりした丸顔とひどく肉感的なむっちりしたからだをしていて、どうしようもなく主の好みのタイプだった。ベビーカーを押しているときもあるので、子持ちだろう。

犬種のことはよく知らないが、つやつやとした黒い巻き毛が目を惹く、垂れ耳のやや大きなオス犬だった。あるいは雑種かもしれない。主に何か特別な匂いでもあるのか、いつもまずその犬のほうが走り寄ってきて、それからそのリードに引っ張られるようにして、女がやってくるのだ。主は練習を中断し、さも犬好きのように犬を撫でる。もちろんそれはカムフラージュで、眼はしっかりと女のほうを盗み見していた。

あるとき、その犬が主の目の前でくるくると身を回転させ、脱糞を始めてしまったことがあった。あわてた女は、リードを引いてやめさせようとするが、もう遅い。犬は地べたに、陶芸の釜から転がり出たような見事な焦げ茶色の糞を残した。

「すいません、もう」

苦笑しながら女はポリ袋を広げ、かがみこんで糞の始末にかかった。おかげで主は、ポニーテールの下にみえかくれするうなじのほつれ毛や、カットソーのすきまから風船をふたつ合わせたような谷間を覗かせる豊かな胸のふくらみなどを、何の妨げもなく眺めることができた。排泄したのは犬なのに、何か恥ずかしい行為を通して急にふたりの距離がちぢまったような気がして、「お名前は？」と主は思わず訊きそうになった。

以来、まだろくに話をしたことさえないのに、女のことを思うと主は押さえようのない恋情を感じて、自分がなにか突飛なふるまいに出るのではないかと恐れるほどだった。はっきり言おう。恋情などという生やさしいものではなく、まぎれもない情欲、統御しきれない大きなゴムボールのような情欲、ボールついでに言うなら、そう、いまにも超新星爆発を起こしそうな赤色超巨星のような情欲だ。

指ならしの音階練習をしながら、主はとりあえず女を待った。春だった。桜はもう終わっていたが、いたるところの木々が芽吹いて柔らかい葉を広げはじめ、その下の方ではツツジが咲き出そうとしていた。風も柔らかい。だが、モアレ奏法の練習に移っても、彼女はまだあらわれなかった。きょうはだめかもしれない。そう思うと余計に情欲がつのった。

クラシックのレパートリーに映った。インストラクターとしてはクラシック曲も教えるので、ある程度お手本ができないとまずい。そこでときどき練習をするのだ。まずはドビュッシーの「シランクス」を二度繰り返した。微妙な半音階風の動きが魅力的な曲だが、曲想のもとになった牧神パンの神話は、いまの主の置かれた状況にすこしばかり似ている。パンはある日、野原で遊んでいた美しいニンフに一目惚れし、追いかける。そして水辺にニンフを追いつめたまではよかったのだが、彼女はみずからの姿を葦に変えて難を逃れてしまう。パンはニンフが消えてしまったことを悲しみながら、なんとその葦を切って笛を作り、日がな一日嘆き節を吹き鳴らして暮らすのである。

こんなむきだしで一方的な男の情欲の話が、むかしはえもいわれぬ名曲になったのだと、主は苦笑まじりに思う。ついでフォーレの「シチリアーノ」を吹き、ビゼーのあの「アルルの女」の有名なメヌエットに移った。この曲には特別な思い入れがある。フルートを習い始めの頃よく練習させられたということもあるが、むかし主が通った中学校で、昼休みに校内放送としても流されていた。色にたとえるなら、断然暖色系の曲だろう。空腹を満たしたあとで聴かされると、すこしけだるくなり、眠くなり、そして何よりも、ちょうど性の目覚めの頃にあたっていたせいか、あわあわと官能を呼びさまされるようなところさえあった。

そう、いままた主は、みずからその曲を吹きながら、いつの日にかめくるめく思いで辿りたい貞子さんの乳房や腰の曲線を、あらかじめ音に置き換えて想像しているような気分だった。あるいは、その起伏に富んでいるであろう曲線そのものに沿って音符を並べ、瞬時にそれをメロディーとして奏でているようだな。

そうこうするうちにしかし、例の頭痛がまたきざしてきた。苦痛はいつも楽しみのあとにやってくるのだ。度つきのサングラスの下で、マウスピースにあてた口が妙なふうに歪んで、苦み走った表情をしているようにもみえる。滑稽といえば滑稽だ。しかも、息を吹き込むたびに頭痛は強くなって、やがて練習を中断しなければいても立ってもいられないほどになった。くそっ。情欲と頭痛と、自分はいったいどうなってしまうんだ。

早めに練習を切り上げた主は、フルートケースをかかえながら同時に文字通り頭をもかかえるようにして公園を出た。楽器を自宅スタジオに置いたあと、ふたたび外に出て、それからどこをどうさまよったのか、気がつくと女の家の近くに来ていた。実は一週間ほど前、公園から彼女のあとをつけて、どこに住んでいるのかつきとめておいたのである。

公園から駅のほうに下りの坂道がつづいている。その途中で左に折れると、扇状に分譲の住宅地がひろがっているが、その一角の、ごくありふれた庭付きの二階建て。いや、洒落た外観とは言えるかもしれない。下半分がレンガ仕様のツートンカラーな外壁のなかに、幸福も不幸もつつましやかに閉じこめているモナドだ。

主はゆっくりと女の家に近づいた。すると、なんというタイミングか、ちょうど女が門扉をあけて道を小走りに駆けてゆくところだった。ポニーテールが揺れる。十数メートルほど先に男がいて、追いついた彼女は、何かを男に渡しながら話をしはじめた。道路の奥から射してきた日没まぎわの西日が、ふたりのシルエットを長く長く引き延ばし、道路の端の電柱にまで這いのぼらせている。男は彼女の夫だろう。黒いキャリーケースを転がしているので、たぶんこれから出張か何かで出かけるところなのだ。

そう判断した主は、開け放したままになっている門扉をすり抜け、そのまま玄関のドアもあけて家のなかに入り込んでしまった。玄関の一角に、畳まれたベビーカーが立て掛けられてある。犬はどこにいるのか、吠え立てられたりしたら面倒だが、うそのように静かだ。靴箱の上のボードに通販カタログの郵便物が置かれ、宛名欄に目を落とすと、井上貞子様とある。あんないい女なのに、名前はとびきりダサイな。あと、ホラー映画にもあったな、貞子という名のヒロインが出てくるやつ。みてないのでなんともいえないが、呪いをかける恐ろしい女じゃなかったかな。もしかしたら、義母と同居していて、貞子というのはその義母の名前かもしれない。いや、雰囲気はたぶん夫婦と子供だけの世帯だ。ともあれ、郵便物の脇にガムテープがあったのでそれを摑み、土足のまま玄関ホール脇の階段をのぼって二階に向かう。

寝室とおぼしき部屋に入ると、広いダブルベッドがドーンとある。主は咄嗟にクローゼットに身を隠した。スカートやらスーツやらワンピースやら、女のたくさんの衣類が吊されていて、主はそれらがつくる襞の暗がりに顔を埋めた。防虫剤の匂いのほかに、かすかに香水の香りがする。あるいは貞子さんの匂いも。主はけんめいに嗅いだ。すると不思議なことに、さっきまであんなにひどかった頭痛が、奇跡のように和らいでいった。

すぐに玄関のドアの音がして女が、いや貞子さんが戻ってきた。間の悪いことに、彼女もまたそのまま二階に向かい、寝室に入ってきた。ベランダに干した洗濯物でも取り込みに来たのだろう。目の前を彼女が通り過ぎてから、主はクローゼットから姿をあらわし、ドアのところに立ちはだかった。後ろ手でドアをゆっくりと閉めながら。

10

二杯目のヒューガルデンが空になる頃、にわかに外が騒がしくなったので、何ごとだろうと私たちは顔を見合わせた。つぎの瞬間、もしやストームへの行進では、という思いが同時に頭をかすめて、尻に鋲でも刺さったように、私たちは椅子から跳び上がった。

店の外に出てみると、やはりそうだった。にじみ出す水のように、街のいたるところから私たちの同類があふれ、ジムから路地へ、路地から通りへ、通りから大通りへ、大通りからターミナルのほうへと向かっていた。もちろん主のふだんの悪しき習慣的行為においても、ものの本によれば同類はターミナルのほうに向かう。でもそれはぞろぞろと強制収容所に送られてゆくときのような足取りの重さがあり、いまのそれとは全く比較にならないという。いわれてみれば、なかには幟を立て、笛太鼓を鳴らす一団までいて、まるでお祭り騒ぎだ。

「もしかしてストーム？」最寄りのひとりをつかまえて、私は訊いてみた。

「はい。主がその態勢に入ったようです」

何ということだ、プファの願望がこんなに早く叶えられることになるとは。私たちもぐずぐずしてはいられない。いや、そう私が思ったときには、プファはもう姿を消していて、ターミナルに向かう群衆にまぎれていた。私も歩き出した。ビールの酔いは吹っ飛んでいた。

歩きながら瞑目し、例のイメージトレーニングを試みた。すなわち、ストームが起こって、私たちはあっという間に未知なる環境に放り出されていた。ピンクの雲が垂れ込めているのかと思ったら、それは両側から峨々と迫る肉襞の大峡谷で、振り返ると、そこを巨大な山塊のような主の男性器官が、涎を垂らしながらゆっくりと後退していくのがみえた。するとそれを待って、濡れて柔らかな暗赤色の巨大な壁が、左右から大峡谷を閉じるように狭まっていったが、それはまるで、私たちの退路を断つ何かの大いなる意志がはたらいたかのようだ。そして首から下は、酸性の恐ろしい水をたたえた川。ぐずぐずしていたら体が溶けてしまいかねない。主の快楽の器官にとってはそれを柔らかく包み込む慈愛の大峡谷であっても、私たちにとっては過酷な環境でしかないのだ。

「編隊を組め」誰かが叫ぶ。またたくまに私たちは反応する。数百数千という単位の編隊を組んで私たちはすすんだ。そのほうが安全だし、効率も良い。ただし、游泳能力の著しく劣る連中は、はやばやと遅れをとりはじめ、酸性の水の藻屑と化してゆく。

ところまで瞑目したとき、

「やあ、プフィ」

同じブロックに住んでいる友人で詩人のプフォだった。ずぼらな男だが、なぜか私たちの気持ちを響きのいいリズミカルな言葉に乗せることには長けていて、ときどき詩集を出したり朗読会をひらいたりしていた。

「突然のストームということで、まいったよ」とプフォは言いながら、顔は興奮を禁じ得ないというふうに紅潮している。しかしそれはほかの者も同じだった。

「二年ぶりらしい」

「レイプだっていうじゃないか」

「腹ごしらえは」

「ラッキーだよな俺たち」

「ペフォはどうした」

「レイプだっていうじゃないか」

「知ったことか」

「そんなに押すなよ」

「おいピフォ」

あちこちからそんな言葉が聞こえ、歓声にかき消され、さらにそのうえを罵声が飛ぶというありさまだった。

「レイプだっていうじゃないか」何度も聞こえてくるその言葉を私もプフォに向かって投げてみた。

「仕方ない。俺たちは俺たちのベストを尽くすまでだ」

詩人とも思えない言葉が返ってきた。

「私はなんだか気が重いな」

「よくいうよ。足がどんどん先に出てるじゃないか」

言われてみればその通りだけれど、洪水みたいな人の流れのなかでは、そのようにどんどん歩をすすめてゆくしかない。足を止めたら、突き倒されるか、はじき飛ばされるのがおちだ。

「そういえば」と今度は私が、ふとある雑学的な知識を思い出して、柄にもなくすこし興奮したように言葉を投げた。「生物界には外傷性受精だってあるしね」

「外傷性?」

「そうだよ、昆虫やナマコの一部では、オスが生殖器官で無造作にメスを突き刺し、その腹部に直接精子を注入するんだ」

「へえー。物知りだからな、きみは」

「ある種のクモなんか、針のような特別な器官を使って、冷酷にもメスを八回も刺すらしいよ」

「そうなんだ。でもプフィ」とプフォが、詩人らしさを取り戻そうとするかのように、やや大声で言った、「もしかしたらわれわれの場合、レイプではなくなるかもしれないよ」

「えっ？」

「貞子さんだって主のことはまんざらでもないんだ」

「まさか」

「そのまさかだよ。性交は民衆の抒情だからね、情炎はいついかなるときに燃え上がるか知れない」

私はわけがわからなくなった。性交は民衆の抒情？　どういうことなんだ。抒情って、あの抒情詩の抒情か。愛を言葉に乗せて歌うこと。それは高級である。とても民衆のよくなせるわざではない。だが性交ならできる。腰を振ったり、喘いだりすることならできる。ゆえに性交は民衆の抒情なのか。それより何より、貞子さんも主に気があるなんて、何を根拠にそんなことが言えるのか。それともいわゆる詩人の直観というやつか。だとすれば怪しい。かのプラトンだって、詩人は共和国から追放せよと主張していたはずだ。

「まあいずれにしても」とプフォが、ひしめく同類の頭越しに、さらに一段と大声で言葉を送ってよこした。「俺たちはもとより、主にとっても、精神分析学的に言えば子宮内復帰の欲望だよ」

「えっ？」

「だからさ、かつて亀頭は永遠の包皮に包まれていた、それは子宮内にいた頃の状態の模倣だったんだ。いまの主の勃起の意味は、そういう失われた状況を、別の包みのなかへの挿入によって代えようとしているんだよ」

「別の包み？」

私たちはもう、群衆の勢いに押されて離ればなれになりつつあった。

「そう、かつてはナルシス的な歓びとして経験されていた静寂を、今度は女性の肉体のなかに――」

だがそのさきはもう聴き取れず、プフォの姿も見失ってしまった。

じっさい、ものすごいことになってきていたのだ。ターミナルへといたる橋はすでに同類で埋め尽くされ、ワールドトレードセンターが崩壊したあの9・11のブルックリン橋のようだった。あるいは、新年へのカウントダウンとともに繰り出した初詣客の波がうねる明治神宮の参道のようだった。だが私たちは避難や祈願のために集まってきているのではない。ストームのため、そしてはるか彼方の憧れの地母のためだった。

いや、避難というのは多少あたっているかもしれない。出エジプト。余命いくばくもないらしい主から一刻も早く脱出して、別の主を見出すこと、その気持ちが私たちのどこかにあって、このストームへの行進をいちだんと切迫したものにしていたからだ。

そして憧れの地母――。たしかにそのためなら、レイプだろうが何だろうが、私たちにとっては手段のひとつというにすぎないのかもしれない。私はふと、同類たちと押し合いへし合いしてすすみながら、いつだったかプフォが読んで聞かせてくれた詩を思い出していた。それはざっとこんな感じだった。

11

大待機

私たちが群れていたころ、
世界はなにほどのものでもありませんでした、
空はなく、
地はなく、
見渡すかぎり私たちが
群れていたのにすぎないのでした、
世界とは、
ほとんど私たちの数にほかならないのでした、
私たちがまだ群れて、
真夏のビーチの人だかりのように
隙間なく犇めいていたころ、
働くでもなく、
遊ぶでもなく、
精細の管をめぐらした

ぬらぬら棺に
首を突っ込んで、
私たちはひたすら待っていたのでした、
何を？　その何をがかすれて
欠落してしまうくらい、
ただひたすらに待っていたのでした、

立ち騒ぐ足のうらの星、
皺でしかない風、

スペルマムプフィはスペルマムプフォを押し上げ、
灰であり、灰のみえない運び手、
スペルマムプフォはスペルマムプフィを押し上げ、
灰であり、灰のみえない運び手、

映画館の暗闇でスクリーンを見上げる女の顔は美しい、
けれども私たちは、
ぬらぬらした棺に首を突っ込んで、

女の大きな瞳から流される涙は美しい、
けれども私たちは、
ぬらぬらした棺に首を突っ込んで、

大待機が、うるみあふれ、
大待機が、うるみあふれ、

ある者は地母を夢にみたといいます、
燃えさかるオレンジ色の、
それもまた大きなひとつの星であったといいます、

大待機が、うるみあふれ、
大待機が、うるみあふれ、

私たちがまだ群れていたころ、
世界はなにほどのものでもありませんでした、
空はなく、
地はなく、
見渡すかぎり私たちが
群れていたにすぎないのでした、

私たちの仕事である待機そのものをテーマにした詩だ。「ぬらぬらした棺に首を突っ込んで」のあたりはよくわからないが、「大待機が、うるみあふれ」、まさにその通りだ。「見渡すかぎり私たちが群れていた」なんて、まるでいまの光景を予言しているようではないか。詩人の直観は見直されなければならないのかもしれない。

もちろん、読んで聞かされたときにはピンと来なかった。ただ、作中に私の名前――といっても、スペルマムプフィという名前は、私たちの世界ではごくありふれている――を出してくれたお礼を言ったあと、なぜ私たちが「灰であり、灰のみえない運び手」であるのか、その理由を訊いてみても、プフォは答えてくれなかった。しかし灰だからこそ、オレンジ色の神々しい存在に憧れもするのだろう。いまにしてそう思う。

だが別の問題もあった。仮に地母と出会ってストームが成就したとしても、堕胎という恐ろしい手段が私たちの未来を根こそぎ奪ってしまうかもしれないという問題だ。それはレイプ云々を越えている。たとえ私たちの未来が主と貞子さんとのめくるめくような合意の結果もたらされるとしても、依然としてやはり婚姻関係の外にあり、堕胎の危険にさらされる。そう思うと、プファが思い描いているような夢の実現は、万にひとつの可能性もないような気がしてくるのだった。しかし、もう遅い。どうやら賽は投げられてしまっているようだった。

いまプファはどのあたりにいるのだろうか。もう橋を越えてターミナルまで行っただろうか。純粋にストームの完遂のことだけ、地母との邂逅のことだけ考えろよ。葛藤や不安は私が引き受けよう。そんなことを思いめぐらしながら、私もようやく橋のなかほどまで来た。だが、ひしめきあう無数の同類に行く手を塞がれてそこからさきにはもうどうにもすすめそうになく、そこでストームを待つことにした。主の情欲の激しさを考えれば、そこからでもストームに参加できることはほぼ確実だった。

私はしばし瞑目し、束の間の、そして最後のイメージトレーニングを試みた。すなわち、私たちは粘液の海からつづく絨毛の大森林へと入っていった。伝聞によれば、その奥に、オレンジ色に輝く大いなる球体、すなわち地母が待っていて、私たちの誰かひとりと生命誕生の聖なる儀式を執り行うことになっている。しかしそれまでの、なんという困難な道のりだろう。丸太ほどもある絨毛から伸びた葉さきが左右から覆い被さり、重なり合って行く手を阻んだかと思うと、はじき合うようにさっと離れて、その向こうのあらたな絨毛の列へわずかな展望がひらく。とっさに私たちは、身をしなやかに屈伸させて、その隙間をくぐり抜けてゆく。その繰り返しが無限につづくかと思われるが、しかし、すすむしかないのだ。振り返ると、絨毛の閉じひらきをうまくくぐり果せなかった仲間のいくたりかが、絨毛の枝から身をもぎ離そうとして空しく抵抗しているのがみえる。助けに引き返す余裕はない。私たちもそろそろ体力の限界で、絨毛をかわす屈伸の動きもこのさきどこまでつづけられるか、ほとんど絶望的な気分になりかけたそのとき——。

私は眼を開けた。上空を振り仰ぐと、何台ものヘリコプターが、不穏に空気を打ちたたくような音を響かせて旋回しているのがみえた。何のために？　それは私たちのストームの開始を、はるか上方から見守り、随行し、祝福しているようにしかみえなかった。

12

それにしても、なぜ葡萄なんか持っているんだ。葡萄は秋ではないのか。初夏にそんな大粒の葡萄が出回っていたりするものなのか。いやそれより何より、なんで俺の家にまで来るんだよ。

男はしかし、押し黙ったまま車を走らせた。とにかく駅まで女を乗せていって、そこで無理矢理にでも降ろしてしまえばいい。家の中までついてきてしまった外飼いの犬を、あわてて外に出すように。所要約一〇分。沈黙は望むところであり、だからラジオはもちろんのこと、お気に入りのCDもかけない。冷房だけはさすがにつけっぱなしにしたが、なにしろ初夏なのに真夏のような暑さなのだ。女がノースリーブのワンピースを着ているのもそのせいかもしれない。だがしかし、仮に冷房をオフにして窓を開けたとしても、女が隣りにいると大して暑さも感じないのではないか。そんな気がした。幽霊のような女なんだよ、おまえは。

いっそ、この女が死体であればいいとさえ思う。殺した女を助手席に乗せて、さあ出発だ。どこか人の入らない森の奥にでも捨てにゆくのだ。女は眠っているようにみえるが、その肌にはすでにすこし死斑が出ていて、蝶の織りなす影のように夢幻的だったりするのだ。

そう思ったとき、最初の信号が近づいてきた。黄色から赤に変わり、男はブレーキを踏んで停止した。女を素通りして助手席側の窓の外に眼をやると、広い駐車場の向こうにパチンコ店の派手な建物がみえた。メタル仕様の屋根のへりが陽にきらきら輝いている。建物とは別個に、「パーラー夢」と読めるばかでかいネオン文字の塔が立ち、昼だというのに虹色のイルミネーションが点滅している。なんという電気の無駄づかいだ。しかし、人の閑暇もそこではたいてい無駄に費やされるわけだから、バランスはとれているか。

それにしても、パチンコ屋の名称というのは、なぜプラザかパーラーなのだろう。ほかにもあるかもしれないが、たいていはプラザかパーラーだ。パチンコはやらない男だが、思い描くことができる。人の閑暇とひきかえに立ち上がる釘だらけのパネル、その釘の隙間を水銀の粒のように流れ落ちてゆくパチンコ玉。その帰趨は、ほんのちょっとしたことで決まるのだ。

信号待ちが終わって、ふたたびアクセルを踏み込んだ。すると、まるでその筋肉の動きに合わせたように、当初の方針はどこへやら、男のなかで情欲の虫がうごめき出し、いまにも保護の薄膜を破りそうなのがわかった。まぎれもないことだった。男さえその気になれば、きょうまた女を抱くことができる。こちらから一方的に別れ話を持ち出しておきながら、ずるずるともう一年近く、なんとも締まらないそんな帰趨を繰り返してきたのだ。そう思ったとき、脳の片隅にもうひとつ闇の斑が浮かび上がり、最初のと同じように滲みひろがって、そのまま定着した。

首を振って消そうとしたが、消えない。男の変なしぐさに、女が怪訝そうに眼を向けた。それにしても何なのだろう、この斑は。病気だろうか。視野狭窄とか飛蚊症とかとは違う。なんというかもっと脳の内奥の変性なのだ。だから、まさか眼には見えないはずなのだが、見えてしまっている。

歯車ならよかったのに。男はそうも思う。昨夜、テレビの健康バラエティ番組でやっていた。ある種の偏頭痛では、痛みが始まるまえに、前兆として視野に歯車状のものが幻覚されるのだという。芥川龍之介も頭痛持ちだったらしく、その遺作『歯車』に出て来る歯車の幻覚は、この症状を文学的に表現したものにほかならない。でもなぜ？　なぜ歯車の幻覚が？　そのメカニズムも番組で説明されていたような気がするが、男は忘れてしまった。

ふとフロントグリルから見上げると、空の雲行きも怪しい。日が翳って、北の方にゴジラの後ろ姿のような積乱雲が出ていた。背のぎざぎざは本物よりもいくぶん角がとれて白っぽいが、かなりのリアリズムだとも思う。どこか遠いところ、野の果ての変電所のあたりに稲妻の卵が隠されている感じだ。雲のゴジラはそれをもとめてずしんずしんと歩いている。孵すべき自分たちの卵だと勘違いしているのだ。

県道は、樹木に覆われた丘陵を右にみながら、そのふもとの、古くからある集落を縫ってすすむ。丘陵一帯は通称トトロの森という。以前アニメ映画の舞台を提供したことがあり、それにちなんでつけられた通称だ。いや、実写ではないのだから、舞台というのは正確ではない。モデル、か。

　右手に、場違いなまでに整備された街路樹の列がみえてきた。とある都心の大学の第二キャンパスへの入り口だ。そこも過ぎた何度目かの交差点で、左折すれば駅への道、右折すればトトロの森という選択を強いられることになった。二週間前は左折、そのさらに前は右折したわけなのだが、いままた、情欲の虫はすでに保護の薄膜を破りかけている。仕方ない。男は右折の信号を出してハンドルを切った。どうせ失業中だし、胸を張れるのはこの健康すぎるぐらい健康な身体と、それに付随する正常すぎるぐらい正常な男の機能ぐらいだろう。たっぷりと時間だけはあるのだから、このさい無意味に情欲の虫の顔を立てておくというのも、失業者にふさわしいふるまいではないか。そんな投げやりな快活さが二秒か三秒ほどつづいたあと、男はまた仏頂面に戻った。

　とりあえず駅へ送り返される危惧が去って安心したのか、女はまぶしそうな顔を少しゆるめ、髪に手をやりながら、ちらっと男のほうを見た。それには気づいたが、もちろん男は眼を合わせたりはしない。憮然とした面もちでハンドルを握りつづけ、いっそ車ごとこのくだらない局面から蒸発してしまいたいとさえ思う。そうなれば闇の斑も消えるだろう。

13

「誰？」

貞子さんが振り返った。主は、公園で何度も会っている俺だよ、と言おうとしたが、言葉が出なかった。しかし、いつもの黒いサングラスに黒いラバーパンツ。それで十分だった。

「どうして？」貞子さんは驚愕した。ついで動揺もしたかもしれない。あの男がここにいる。フルートを吹く姿は文字通り繊細なアーティスト風でありながら、黒づくめの格好にはどこか不穏で凶暴な雰囲気も漂わせ、それだけに、いつも彼女の心に何かしら不安と蠱惑のさざ波をたててきたあの男が。

だがそのあと、ふたりのあいだで何が起こったのかは、私たちには不明である。それはそうだろう、ストームの瞬間が近づくにつれて、私たちはある種の忘我的なトランス状態となってしまい、マサイ族の戦士さながら小刻みに体を上下動させながら、主が生きる現実世界のことなどどうでもよくなってしまったからだ。

おそらく、主は貞子さんを追いつめていった。もうすぐだ。公園で会うたびにかくも憧れ、かくも情欲をかき立てられた人妻との距離が、いまではふたりきりの空間のなかで、およそ二メートルしかないのだ。気のせいか、赤外線カメラで写した盗撮ビデオの画面のように、部屋の光の粒子が荒い。

レイプ。プフォの情報によれば、たしかにそういうことになるだろう。しかし考えてみれば、主は、いわゆる女たらしのようには誘惑もしていないし、あれこれの細工もしていない。愛を分かち合いたいとか、相手にとっても面倒であろうそういう派生的要求も一切していない。ましてや、一度でもいいから抱かせてくれとか、そういう情けない哀願とは、このうえもなく無縁である。主はただ、無言のうちに貞子さんと情交したいだけなのだ。そのかぎりにおいて主の欲望は強度そのものであり、とびきり純度の高いアルコールのように混じり気がなく、火が与えられるならばすぐさま燃え立つ。その意味では、高貴であるとさえ言えるかもしれない。その推力のままに、主はこの部屋まで来たのだと、言えば言える。

貞子さんは後ずさった。ベランダの洗濯物に一瞥を投げ、その方へ行くとみせて、むなしくもフェイントをかけ逆方向に逃げようとするが、その素足に電気コードが引っ掛かって、コンセントから接続プラグが抜けてしまう。瞬間、びゅんという音を立てて、ナイトテーブルの上のデスクトップ・パソコンの画面が消えた。なぜこんなところにパソコンが？　ふつう食堂とか居間にあるものだろう。ひそかに出会い系にでもアクセスしていたのだろうか。

ともあれ、その調子だ。そのように、感情との接続もぶちぶちと抜いてしまえと主は思う。あらゆる女は娼婦であると、誰か言っていなかったか。レイプにおいても肉体は貨幣に近い。俺もほら、貨幣のように自分の肉体を差し出している。使用価値よりも交換価値。売春や強姦が意味をもつのは、俺やあんた、ぼくやきみのどろどろした不純な主体を、すっきりと後腐れのない客体にしてくれるというそのかぎりにおいてなのではないか。

もはやサングラスでも隠せない思いつめたような顔をしながら、主はベッド脇の壁際に貞子さんを追いつめていった。枕やら衣類やら、いろんなものが飛んでくる。ハンガーまで飛んで、それがクローゼットの扉に激突する音が、私たちのひしめく主のターミナルにまで聞こえてきたような気がする。

主はかまわずに近づき、貞子さんの腕を摑む。「いやっ」と彼女はきつく顔をそむけるが、主はもう一方の手でブラウスを思いきり引き裂く。ボタンがちぎれ飛び、勢いでブラジャーまで外れてくれて、大きめの乳房がぷるんとまろび出る。そうして揺れる。存在が肉でしかありえぬことの、その動揺そのもののように。エロチックというよりはなにかしら牧畜的で、主は思わず笑い出しそうになる。もちろん一瞬のことだ。思いつめたような顔に戻ると、念のために、玄関で拾ったガムテープで貞子さんの口を塞ぎ、ついでに腕ごと上体をぐるぐる巻きにする。まるで引越センターの従業員が手際よく荷物を梱包してゆくみたいに。

「俺だよ」ようやく言わずもがなの言葉が出る。「公園でいつも会ってる」。口を塞がれた貞子さんは首を横に振るばかりだ。まさか、いまになっても気づいていないのだろうか。それともようやく誰だかわかって、そのおぞましさから首を振り振り逃れようとしているのか。

　強姦は速度への愛であると、また誰か言っていなかっただろうか。主にはいまにしてその意味がよく分かるような気がした。行動理由が行動自体に、あるいは恋の発生が恋の成就に、めくるめくほどダイレクトに接続して、媒介項なし、手続きなしだ。

　主は貞子さんを組み敷いて、下半身の着衣をはぎ取っていった。上体を縛ってあるので、あっという間に腹から下がむきだしだ。白く波打つ下腹から陰毛の生え際にかけての眺めが、浜辺から防風林につづく一帯をヘリコプターで上空から撮影したみたいだった。どこかからパタパタとプロペラの音さえ聞こえてきそうだ。

　いや、聞こえている。空耳ではない。たしかに窓の外の空をヘリコプターが飛んでいるのだ。主のサングラスが一瞬、貞子さんの下腹から天井のほうに向けられた。なにか事故でもあったのだろうか、まさかこのレイプの現場を探知して、いましも貞子さんの救出に向かって上空を旋回し始めたわけでもあるまい。しかし、いい刺激にはなる。危機感に煽られてさらに一段と情欲が増したうえに、ハリウッド映画のダーティーな役柄をいま不意に与えられたような気分なのだ。

　主はそれから、自分のレザーパンツのベルトをはずしファスナーを下げて、ブリーフごと膝下まで下ろした。勃起した陰茎がバネ仕掛けのように飛び出て、それもさっきの貞子さんの乳房同様、なにかしら滑稽だった。牧畜的というよりは、狩猟的であったけれど。

　だが、もしもプフォの言うとおりだとすれば、事態はこの一歩手前で一八〇度の転換をみせたのかもしれない。すなわち、口を塞がれた貞子さんは、何度も首を横にではなく縦に振り、あなたのことは知っている、ずっと気になっていたと、眼で必死に伝えようとする。何をそんなに思いつめているの。わたしが欲しければ欲しいと言ってくれれば、それですむことなのに。

　まさか。主はサングラスをはずし、貞子さんの口を塞いでいたガムテープを剝がし取って、あらためてその顔を、眼を、みつめる。今度は貞子さんが思いつめたような表情をつくる番だ。主は一瞬のうちにすべてを理解したことだろう。試みにキスをして舌を差し入れてみると、貞子さんがそれに応えて舌を絡ませてくる。なんということだ。主は悦びに喉が詰まり、相撲取りのようなつぶれた声を上げて貞子さんに覆い被さってゆく。すると欲望という名の速度が、主の動きの右にも左にもあらわれ、合流し絡み合って、ふたりのからだの中心に向かってまるで渦巻をつくるかのよう、そうしてその渦巻に、主も貞子さんも、舞う枯れ葉のように軽々と持っていかれてしまう。

14

ありえないことだ。いや、そうとばかりもいえない。プフォの言葉を借りれば、性交は民衆の抒情なのだ。レイプはあったのかもしれないし、なかったのかもしれない。なんとも不確かで、まるで量子物理学でいうあのシュレディンガーの猫のようだけれど、事情はその通りなのだから仕方ない。私たちの世界のことに戻ろう。これならひと筋に語ることができる。

ストームの最初の瞬間、それは筆舌に尽くしがたい。私たちはターミナルや橋のうえにひしめいて、いまかいまかとその瞬間を待ちわびていたが、やがて、ターミナルや橋のうえの充血した目蓋の裏のような空が、大地もろとも、世界の終末もかくやというような、なにか途方もない収縮を起こして、その勢いで私たちは一気にターミナルの外へと押し出されたのである。急傾斜のウォーターシュートを滑り落ちてゆくときのような？　とてもそんな比喩では説明しきれない。飛び降り自殺をする人は飛び降りた瞬間にもう気を失ってしまうというが、むしろそれに近いと言ったほうがいいかもしれない。

気がついたらそこはもう貞子さんの内部だった。一瞬の出エジプト。両側から峨々と迫る肉襞の大峡谷で、振り返ると、そこを山ほどもある巨大な芋虫のような主の男性器官が、涎を垂らしながらゆっくりと後退していくのがみえた。するとそれを待って、濡れて柔らかな暗赤色の巨大な壁が、左右から大峡谷を閉じるように狭まっていったが、それはまるで、私たちの退路を断つ何かの大いなる意志がはたらいたかのようだった。

まさか。尺度がちがうので、そんなふうには絶対みえない。ただそんな気がしたというだけのことである。しかし、外の空気にさらされないというのは、何にせよありがたい。私は素直に、主に感謝の気持ちを捧げた。それにしても暗い。どうやら洞窟のようなところに水がたたえられていて、私たちはその上に浮かんでいるようだった。

といってもじかにではなく、いつのまにかボートが与えられていた。前後左右に何艘ものボートがみえる。そのそれぞれに数人が乗り込み、櫓を漕ぎながら、洞窟の奥にみえる赤みがかった小さな光のスリットのほうへとすすんでいた。あれが出口かもしれない。私の知識によれば、その向こうには貞子さんの海が広がっているはずであり、その果ての浜辺に流れ着いたら、さらに息詰まるような絨毛の大森林を行かなければならない。運がよければその奥のほうで地母が私たちを待っているはずだ。しかしいずれにしても、はるかな道のりである。

ふたたび私の知識によれば、第一の関門はこの水だ。ただの水ではない。粘り気があって、酸性が強くて、アルカリ性になじむ私たちにとっては殺人的ともいえる水だ。そこに浸かりつづけたら、私たちはおそらく骨をも溶かされてしまうだろう。

暗いのでよくみえないが、どうやら無数のボートが私たちのまわりにあって、押し合いへし合いしながら、みな先を争って光のほうにすすんでいるらしかった。バランスを失って転覆でもしたら、それで一巻の終わりだ。救命具のようなものは、私たちは何ひとつ身につけていなかった。試みに水に手を浸してみたが、酸がきついのか、すぐに皮膚がひりつくような感じがしてきたので、あわてて引っ込めた。

ところが、漕ぎ手が下手なのか、ボート自体が劣悪なのか、あちこちでボートがひっくり返る。定員オーバーのせいかもしれない。水に落ちた同類は藁をもつかもうとして手を伸ばすが、すぐに別のボートに遮られて、その下に押しやられ沈んでしまう。闇に眼を凝らすと、そのようにして水に落ち、でろでろに溶けかかったいくつもの同類の頭が、ボートとボートとのわずかな隙間にぷかぷかと浮かんでいるのがみえた。

何がストームだ。これではまるっきり地獄ではないか。あんな頭にだけはなりたくないと、私たちは必死に漕いて、光のスリットをめざした。途中、もしかしたら他のボートにぶつかり、それを転覆させてしまったかもしれない。水から伸びてボートのへりにしがみついてきた同類の腕を、オールでたたき落としたかもしれない。

それにしても、どうしてこんな恐ろしい水が、ヴィーナスさながらにすばらしい貞子さんのからだの内部にあるのか。さっきは外の空気にさらされなかったことであんなに主に感謝したのに、いまはむしろ主のことがうらめしく、いや貞子さんまでもがうらめしく、私は彼女に向かって、あなたの奥にいるかもしれない地母、あなたの根源であり本質であるかもしれない地母を慕ってあなたの内部に入ったのに、いきなりこれはどういう仕打ちなのですかと、涙ながらに訴えたい気持ちであった。あろうことか、レイプかもしれないという経緯も忘れて。

15

「自分の眼を深く覗いてはならない。その最奥から、蛇の眼が逆にこちらを覗いているはずだから」

（プフォ『後背箴言集』）

16

ことが終ると主はゆっくりと貞子さんのからだを離れ、レザーパンツを穿いた。床にサングラスがころがっていたので、それも拾ってかけた。それから、信じられないことだが、誰がこんなひどいことを、と言わんばかりの優しさで、いたわるようにガムテープをはがして貞子さんを自由にしたあと、

「俺、逃げも隠れもしないから、訴えるなら訴えていいよ。俺、ほんとうにあんたのこと好きだから」とだけ言い残して寝室を去った。

階段を下りて玄関から外に出ると、なまあたたかい春の夕暮れのなかにふわりと体が浮いてゆく。主は大きく深呼吸した。もうヘリコプターの音は聞こえなかった。あれはいったい何だったのだろう。いつのまにか頭痛もすっかりひいて、なにか奇妙に健康的なことをしたあとのような気分になった。あれほど

乱暴に貞子さんのからだを扱い、有無も言わせずに自分の欲望を押しつけただけだというのに、逆にまるで貞子さんから不思議な治療を施されたかのようだった。

一方、主が去ったあとも、貞子さんは長いあいだ床のカーペットに横たわったままだった。主の精液の一部が腿をつたって流れ出ていたが、それをぬぐうこともせずに。いったい何が起こったのか。それさえも考えられなかった。放心？　もっと具体的に心とからだがばらばらになってしまった感じで、自分のからだでありながらそれが一メートルぐらい先に放置されていて、そこに心がどうしても届かない。たしかにわたしは犯されたのだ。それは許しがたい暴力であり、これ以上はない屈辱であり、それによって受けた心の傷は一生消し得ないものとして残るだろう。夢であってほしいけれど、現実だ。起きたことは起きたこととして、さあ、わたしはすぐに起きあがり、たまたま居間で眠っている赤ちゃんの無事を確かめたら、すぐにも浴室に行ってシャワーを浴びなければ。気休めとわかっていても、泣きながらあの男の匂いや体液の一切を洗い流し、とにかくこのいまわしい出来事から一刻も早く抜け出す努力をしなければば。

でも、それができないのだった。なぜか金縛りに会ったように、身動きができなかった。

暮れなずむ春の夕暮れがさらにいっそう間延びして、優しく青く、まるで繭のように、着衣の乱れたままの貞子さんのからだを覆い包むようだった。赤ちゃんは階下で、すやすやと寝入っていることだろう。なんという平和だ。一瞬貞子さんは、さっきのあの出来事は夢のなかで起きたことで、いま自分はその夢から覚めたところなのだと思おうとした。それくらい平和なのだ。

それにしてもあの男は誰なのだろう。サングラスを外したときのあの暗く闇をはめ込んだような眼、もうこうするしかないんだというようにわたしのからだをむさぼったあの不穏な筋肉のうごめき。許せないが、でも誰なのだろう。誰のともしれない眼や筋肉であっては、そのことのほうが許せないような気がした。

と同時に、消しようのないひとつの恐れが貞子さんの頭をよぎった。わたしはあの男の子供をみごもってしまうかもしれない。いわゆる安全日でないことはたしかだった。だがそれ以上に、小さいころから悪い予感というものはたいてい当たってしまう自分の予知能力のことを、貞子さんは思い出すともなく思い出していた。そしてそのとき、ようやく貞子さんの眼から、大粒の涙がこぼれ落ちた。

17

光源の近くまで来た。やれやれ。渇水期なのか、このあたりは思ったより水があふれていない。私のなかでまた知識の蓄えが引き出された。森の奥に地母が降りようとしているときには、なぜかその前兆として水が引くこともあると。希望の光が射すとはこのことだ。洞窟のなかもさっきよりはだいぶ明るくなり同類の顔も見分けられるようになって、すると私の前で力強くボートを漕いでいるのは、なんとあのプファではないか。

「プファ！」

「プフィ！」

主のターミナルではずっと後続のほうにいた私だが、なんのはずみにか、いつのまにか先頭に近い集団のなかにいたのである。ともあれ、私たちは再会を喜びあった。ほかにふたり同じボートにいるが、見知らぬ同類たちである。黙々と櫓を漕ぐばかりなので、私たちも挨拶の言葉を交わすのは先にのばすことにした。

光源に近い洞窟の一角のくぼんだところに、人影の塊のようなものがみえたので近づく。ぐずぐずしているひまはないのだけれど、つい引き寄せられてしまった。棚状の岩に数人がかたまってうずくまり、がたがたと震えている。私たちとは顔つきや体つきが微妙に違うようだ。名前を尋ねると、種三郎とか種四郎とかいう答えが返ってきた。礼儀として私たちも名前を名乗った。聞き取れないというので、もう一度ゆっくりと発音した。ぷぅ、ふぃ、ぷぅ、ふぁ。するとうずくまる群れのどこからともなく失笑がもれた。よほど私たちの名前がおかしかったらしい。

「プフィ？　プファ？　虫けらみたいな名前だな」群れのひとりが吐き捨てるように言った。

「なんだと」プファが色を変えて身を乗り出した。

「だって、せめて種の字がつくとかしないとさあ、アイデンティティの問題にもかかわるわけでしょ」群れのもうひとりの者がいくらか丁寧に言ったが、侮蔑の調子はあきらかだった。

「種だって虫けらみたいなものだろうが」プファが反撃した。

「なんだと」今度は最初のひとりが色を変えて立ち上がった。

「まあ、やめておけ」と、リーダーとおぼしき者がそれを制して、私たちのほうをしっかりと見据え、「おまえらか、レイプして入ってきたのは」と静かに訊ねた。

もうそんなことまで伝わっているのか。私はいささか動揺した。でもガセネタかもしれないぞ。ほんとうは主と貞子さんとのあいだで、めくるめくような合意がなされたのだ。よほどそんなふうに言い返そうかと思ったが、それよりも早く、

「レイプしたのは俺たちではなく、俺たちの主だ」とプファが答えた。

「同じことだろうが」いましがた色めきたった者が吐き捨てるように言った。

彼らは二日前からずっとそこにいるという。道理で衰弱しているわけだ。

「で、あんたたちの主は?」今度は私が訊ねた。

「貞子さんの夫だ」

　単純明快な返答に、まるでここにいることの正当性の是非をつきつけられたような気がして、私はうつむいた。

「二日前、貞子さんとわれわれの主が交わってさ、まあ若い夫婦だから珍しくもないが、実にいい雰囲気でね、捏ねたり捏ねられたり、その果てにストームが起きて、そう、その帰結として、俺らはいまここにいるというわけ」

「そういうことでしたか」

　うつむいたままの私に、しかしひとつの思いがひらめいた。地母と遭遇して形成されるのが仮に私たちの未来であっても、貞子さんはそれを夫との子として産むのではないか。堕胎の可能性は意外に低いかもしれない――プファもそのように考えたのか、一瞬、その横顔が内側からほのかな光をあてられたようになった。あるいはそのように考えたのは、プファでも私でもなく、私たちのなかの私たちを超えた何者かの心であったのかもしれない。

　それにしても、なぜ彼らは二日間も洞窟のほの暗い岩棚に身を潜めてがたがたと震えているのか。もっと私たちとたたかうとか、せめてもっと明るくて広

い貞子さんの海のほうに向かうとか、なぜそういうことをしないのか。率直にそのことを口にすると、

「向かったよ、一度はね」リーダーが言った。

それから彼らはマクロファージの恐ろしさについて語った。マクロファージ？　噂にはきいたことがある。いわゆる免疫系の強力な生き物だ。種三郎たちにはもはや私たちとたたかう気力も体力もないらしく、それならマクロファージの脅威をとことん伝えて、怖じ気づかせてやれと考えたのだろう。

「この洞窟の水の殺人的な性質、わかってるよな」別の者が言った。「それでも、あの赤い光の向こうよりはましだ。貞子さんの海へとつづく大渓谷があって、息を呑むような美しさだけど、そこを大きなコウモリのようなものが無数に飛んでいる」

「マクロファージだ」リーダーがまた言った。「知ってるか。見た目はばかでかいコウモリみたいだけど、ものすごく獰猛な飛ぶ生き物で、俺たちとみたら誰彼かまわずに襲いかかり、猛烈な食欲であっというまに食い尽くしてしまう。俺たちもあやうく皆殺しに会いそうになって、あわてて引き返してきたという

わけだ。おまえら、この洞窟を抜けてもそいつらの餌食になるだけだぞ。ざまあみろ」

「ざまあみろ」ほかの者たちも斉唱した。

18

トトロの森は広大だ。真ん中にふたつの人造湖をかかえ、その周囲にぐるりと緑の隆起をめぐらしたように、数キロ四方にわたってひろがっている。広さも広いが、水源林としての役目を担わされているので、ほぼ手つかずの自然林のままである。クヌギ、コナラ、アカマツ、ヤマザクラ。そう、落葉樹が主体だが、男はいつだったか、トトロの森の自然観察路を歩いたときに、極相という言葉に惹かれて説明板を読んだことがあった。それによると、いまは灌木程度の高さしかない常緑樹だが、あと百年ぐらい経つと、頭上の落葉樹をしのいで生育するようになり、すると全域が照葉樹林で覆われることになるのだという。というのも、もともとこのあたりは気候的には照葉樹林帯に属するからで、植生がそのように元の姿を十全に取り戻した状態を極相というらしい。どんなにか小暗く、闇のわだかまりをいくつもかかえたような感じになるだろうそのたたずまいを、男がこの目で見るということはない。女もまた。

あたりまえだ。しかしこの極相という言葉、人間にもあてはまりそうな気がする。人は馬齢を重ねるにつれて地が出てくる。隠されていた本来の自分というものがむきだしとなる。だとすれば、すでに心の離れた男になおしつこくつきまとおうとする女の極相とは何だろう、またそんな女を振り切れずにずるずると関係をつづけているこの男の極相とは。

森の周辺はレジャー施設が目白押しだ。公園や遊園地、ゴルフ場は言うに及ばず、野球場のドームから室内スキー場まであって、それらを結ぶ周遊道路沿いや堤防の周辺には桜が植えられている。おそらく首都圏有数の本数だろう。県道から折れたこの田舎道も、花見のシーズンには渋滞の長い車の列を作り出してしまう。

欣求堂という面白い建物もある。いつだったか、まだつき合い始めて間もない頃、トトロの森でデートしたときに、ふたりでこの塔を訪れたことがあった。いかにも古そうな、五重か六重はある堂々とした木造の塔。塔の天辺の鉄柱はかなり錆びていて、風が吹けばその錆がぼろぼろとはがれ飛ぶのではないかと思われた。

「欣求堂だよ。重要文化財かなんかじゃないかな」

「ゴングドウ?」

「欣求浄土の欣求。さざえ塔とも呼ばれているけどね」

「そうなんだ、結構面白いものもあるのね、このあたり」

「なかに入るともっと面白いよ」

男は女を塔内に導いた。斜め上方へと通路がゆるやかな傾斜をなしてつづいている。ふたりはそれを辿っていった。すると通路は螺旋をなしていて、上へ上へとぐるぐる登ってゆく感じになる。ところが、いつのまにかどこかで斜め下方へと傾斜の向きが変わって、そのまま辿りつづけると、今度はぐるぐる降りていって、もとの入り口に出てしまった。なんだか、エッシャーのだまし絵のなかを歩かされたみたいに。

「螺旋が二重になっているのかな。DNAみたいね」女は言った。

「でも、まさかDNAをまねしたわけじゃないと思うよ。造られたの、江戸時代だろうから」男は笑いながら答えた。

思えば、そんな会話を交わすことができる時期もあったのだ。あれから何年経ったのだろう。五年？　七年？

トトロの森周辺にはラブホテルの数も不足していない。たったいまも、道路沿いに立つホテルセピアという白亜の四階建てをやり過ごしたところだった。白亜なのになぜセピアなのか。男は考えた。セピア色の恋というのなら昔の歌謡曲のタイトルにでもありそうだが、セックスとセピア色とは似合わないような気がする。むしろ白亜だろう、白亜のセックス。いや、これもしかし、白熱のセックスの言い間違えみたいだ。ともあれそのラブホテルをやり過ごしたのは、あまりにも交差点から近く、人家から近く、したがって車でのアクセスがあまりにも人目をひきやすいからだった。

慌てることはない。もう少しドライブしてからしかるべきホテルに入るのが余裕というものだろうし、事実、以前はそのようにしてずるずるとこの女を抱いてしまったわけだし、あるいは途中で引き返して、駅に送り返すという当初の方針を復活させることだって、できないわけではない。保護の薄膜は破れやすいが、そのかわり、いつだって修復可能でもあるのだ。

しかし、何をいまさら自分は比喩なんかに遊ぶのだろう。男はさらに考えた。事態はすっきりと深刻ではないか。気のふれたようなストーカー、この女はそれ以上でもなければそれ以下でもないのだ。

待てよ、と男は思う。ふつう、ストーカーといえば男性ではないか。異常心理のことは何もわからないが、ニュースなどで報じられる事件では、つきまとわれるのはたいてい女性で、あげく殺されたりする。

ふとルームミラーをのぞくと、白いスポーツタイプの車が直後に迫っていた。その迫り方が尋常ではない。もうほとんど男の車の尻に鼻面をこすりつけんばかりで、思わず男は追突の恐怖を覚えた。道は緩やかなカーブを描いて見通しが悪く、追い越し禁止になっているが、後続車はその黄色いセンターラインから車輪ひとつはみ出て、つまりは無謀な追い越しをかけたいらしい。ラリーでもなんでもやってくれよ。男はもともと車に趣味も思い入れもない。田舎に住んでいるので、ただ足代わりに使っているだけである。自分が乗っている車種が何であるかさえ、ときに忘れてしまいそうになるほどだ。男がウインカーを出して車を路肩寄りに減速してやると、対向車のないのをいいことに、スポーツタイプはあっという間に男の車を抜き去り、カーブの先の木立の彼方に消えた。その消え方がまた滑稽なまでに迅速で、男はぷっと吹き出してしまった。親の死に目にでも会いに行くのだろうか。それとも、男の脳内のそれよりもやっかいな闇の斑をかかえて、このさきの人造湖にでも突っ込もうというのだろうか。

「ばっかじゃないか、あれ」

男は前方を向いたまま言った。男の視野のへりで、たぶん女も笑っていた。何にしても、笑うことはいいことだ。そして、できればその笑顔のまま助手席から消えてしまってほしいと男は思った。さっきの死体遺棄の夢のつづきだ。しかし、そうなったときたとえば葡萄だけが残されて、その黒光りする果皮がちょっと不気味だったりするのだろうか。不気味なだけで、たぶん何も語らない遺留品。出だしに戻ってしまった感じだ。女は葡萄を持っていた。なぜかはわからなかった。

19

種三郎たちの言ったことはうそではなかった。光のあるほうに向かうと、予想された通りそこは洞窟の出口であり、遠くからは狭い窓のようにしかみえなかったが、辿り着いてみると意外に広く、凱旋門ほどもあろうかと思えるほどだ。プファがまずボートを降りて、その出口から首を出し外の様子を窺った。

「マクロファージは？」

「いませんね」

まさか。半信半疑で私たちは洞窟の外に出た。ところが、私たちのあとからも、どんどんボートが接岸して、どんどん私たちの同類が降りてくる。その勢いをみていると、マクロファージへの恐怖もかすむほどだ。そのなかにプフォもいて、私の姿を認めると同類をかき分け、駆け足で追いついてきた。

「早いじゃないか」

「いや私にもよくわからないんだ、なんで自分がこんな先頭に近い位置にいるのか」

歩きながら私はプフォをプファに紹介した。

「詩人、なんですか」珍しいものでも見せられたようにプファは訊ねる。

「まあね、役立たずというのとほとんど同義だ」プフォが答える。

「そんなことないですよ」

「たしかに」と私が代弁を買って出た、「プフォの詩の言葉には何か私たちを前へとすすませる力がある。地母へと向かう私たちの歩みを、こう、リズム化していっそうかき立ててるみたいな」

「お世辞でもうれしいよ、そんなふうに言ってもらえると」

「俺も読んでみようかな」とプファはうつむき加減に言う、「いままで、筋トレばっかしてましたから、リズムといっても筋肉の緊張弛緩とか、心拍数とか、呼吸とか、そんなイメージしかなくて」

「似たようなもんだよ」謙遜気味に、だがうれしそうにプフォは応じる。それから空を見上げた。マクロファージが気になるのだろう。

いまや私たちの足元には目もくらむような大渓谷が展開し、写真でみたことのある夕景のグランドキャニオンが、そのまま現出したかのようだった。赤茶けた岩肌を眼で辿ると、遠くその向こうに、臙脂色といえばいいのか、ワインレッドにも近いような色の水面を望むことができた。貞子さんの海だった。ちょうど谷間のV字型にカットされたかたちでみえ、無限遠点に置かれた深紅のガーネットさながらだ。その神秘にうたれて、私たちはしばし言葉を失った。あそこまで行くのだ。見上げると空も壮大な夕焼けのように赤い。夕焼けと違うのは、全天が赤く染められているということだ。足場に注意しながら私たちは、海のほうへと渓谷を降りていった。

そのときだ。空のどこかから、ひとかかえほどもある黒いコウモリのような飛来物がやってきて、いつのまにか私たちの先頭をすすんでいたプフォの頭のあたりをかすめた。マクロファージだ、と思う間にも、「ぎゃっ」と悲鳴がし、プフォの眼から血が飛び散った。というか、眼球そのものがえぐり出されて、くずれた生卵のように宙を飛んだのかもしれなかった。瞬間、眩暈を起こしたように、プフォのからだが旋回した。そこへ別の数体の飛来物がよってたかって襲いかかり、とりつき、あっという間に彼は真っ黒になった。

「プフォ……」

私たちは言葉もなく、呆然と立ちつくすほかなかった。それから、わが身の安全のためにようやくあわてて岩陰に避難した。しばらくして飛来物が離れたあと、プフォのいたところに戻ってみると、そこにもう彼の姿はなく、食い散らかされた肉片や骨がみえるだけだった。私は思わず眼をそむけた。それが友人のプフォのものであっても、みたくはない光景だった。

それにしてもこんなに早くプフォを失うことになろうとは。古今東西、詩人はみじめに死ぬものと相場はきまっているようだが、せめて死の不条理を嘆くとか、その嘆きを白鳥の歌として残すとか、それぐらいの余裕が与えられてもよかったはずだ。私はあの「大待機」の詩句を口ずさんだ。口ずさむうちに、自然に涙が出てきた。


スペルマムプフィはスペルマムプフォを押し上げ、

灰であり、灰のみえない運び手、
スペルマムプフォはスペルマムプフィを押し上げ、
灰であり、灰のみえない運び手、

いや、これが白鳥の歌だ。これがそのまま、彼が残そうとした最後のメッセージになっている。自分たちは灰であるが、つぎにはそのみえない運び手になる。そうなんだなプフォ、と私は、そむけっぱなしの眼をほんの一瞬だけ無惨な肉片と骨に向けて、それを別れの言葉がわりにした。それからプファの顔に視線を送り、うなずき合ってまた大渓谷を辿りはじめた。

20

プフォの犠牲は序の口にすぎなかった。すぐにマクロファージの大群があらわれて、赤い空をみるみる雲霞のように覆い、そこから本格的に私たちを襲いはじめたのだ。とっさに私は、プファをかばうようにしてまた岩陰に隠れた。たたかおうにも武器がない。しかしさすがのマクロファージも、岩の隙間にまでは獲物を求めに来なかった。ほかにいくらでも獲物がいたからだ。近くに岩陰が見つからなかった者の多くは、プフォと同じ運命を辿った。全身をあっという間に黒いコウモリ状にたかられて、みるみる骨と肉片の骸になってゆくのだった。マクロファージを避けようとして足場を失い、大渓谷の底へと落ちてゆく者もいた。

後続のなかには、種三郎たちのように洞窟に戻ろうとする者もいたが、戻っても見通しが開けるわけではない。私たちはその宿命として先にすすむしかないのである。これほど選択の余地がない旅もめずらしいのではないか。どんなに危険だろうと、どんなに絶望的な状況だろうと、迂回や別ルート開拓の余地はなく、泣きながらわめきながら、それでも地母を求めて、ただひたすら私たちは先へすすむ。愚直といおうかなんといおうか。だがそれが私たちの大きなパワーの源かもしれなかった。

マクロファージの襲来から逃れる唯一の道は、このまま大渓谷をすすんで貞子さんの海の近くまで行き、そこから海に飛び込むことだった。誰に教わったというわけでもないが、さっきあの神秘的な海の色と形状をみたとき、本能的あるいは直観的に、そうするのがベストだと予感されていたのだ。さいわい、マクロファージの襲撃は波状的だった。空いちめんを黒くしてしまう襲撃の盛りからつぎの襲撃の盛りまで、まるで台風の眼に入ったときのような、わずかな小康がある。そのときには夕映えも戻るのだが、その短い隙を捉えて、私たちは岩陰から岩陰へと、さながら尺取り虫のように移動した。そうするあいだに、機敏さに欠ける私がプファから遅れがちになり、気にしたプファが私の方を振り返ったりしたが、先に行けと手で合図をして、やがてまた私たちは離ればなれになった。

それでも私は、なんとかマクロファージの攻撃をかわして、海に接した断崖のところまで出た。といっても、高さはそれほどではない。海上を飛ぶマクロファージの姿は少なく、なぜか大部分が断崖のところで大きく弧を描いて引き返し、大渓谷の奥へと戻って行くのだった。貞子さんの海には、空飛ぶハンターでさえも忌避する何かが存在しているのだろうか。もしそうだとしたら、それは私たちには有利にはたらくかもしれない。そう思うと、臙脂色の海の神秘さが一段と増してゆくようにも思われた。

だが、悲しむべきことに私たちの同類も極端に少なくなっていた。洞窟を出たときの、ざっと百分の一ぐらいの数になってしまっただろうか。そのまえに、洞窟のあの恐るべき酸性の水の犠牲になった者も数多くいたから、ストームが始まったときから計算すれば、千分の一、二千分の一といった数であろう。にもかかわらず、あるいはだからこそか、私の周りから、歓声を上げて同類がつぎつぎと飛び込んでゆく。海のなかが安全だという保証はどこにもないが、さっきも言ったように、選択の余地はないのだ。洞窟のつぎは渓谷、渓谷のつぎは断崖、断崖のつぎは海という一本道がつづくだけである。

はじめて見下ろす貞子さんの海。静かで、つややかで、あたたかそうで、同時にしかし赤く溶けた金属のようなうねりもみせて、要するに、この世のどんな海にも似ていない。さながら、この世の彼方の海。

見ると、同類が飛び込んでも不思議と水しぶきは上がらず、まるでクレープか何かのねっとりした生地のように、一瞬海面がへこんで同類を受け止めたかと思うと、たちまち呑み込んでもとのなめらかな臙脂色の波の連なりとなるのだった。さらにじっと見ていると、この私も呑み込まれるのがごく自然の成り行きのように思われてきた。もう恐怖はない。代わって、自分の内を流れる血潮と眼下の臙脂色の波とが、同じ生命の始原のスープ状組成において親和するだろうという、宗教的法悦にも似た不思議な予感が生じていた。

そう、この神秘に賭けるのだ。プファもすでに飛び込んだにちがいない。私にはその確信があった。自己を強く保ち、かつ、そのまま自己を超え出ようとする彼の意志を、マクロファージといえども阻むことはできなかっただろう。

では、私は？　私はなぜここまで来ることができたのだ？　渓谷を辿るあいだ忘れていたレイプという主の罪科の可能性も思い出されて、混乱した気持ちのまま、うれしいような悲しいような、妙に甲高い叫びを上げながら、私もまた貞子さんの海へと、立ったまま飛び込んでいった。

インテルメッツォ

0

あれはいつだったか、われらが詩人のプフォが、待機祭の一環として、オペラの台本を依頼されて書いたことがあった。

1

待機祭とは、私たちの世界でもっとも大切とされている行事である。待つという私たちの仕事をねぎらい、祝福し、さらには、来るべきストームに向けてその成就を祈願する意味があるからだ。

祭といっても、山車が出るわけでもなければ、なにか神事のようなものが行われるわけでもない。かといって、仮装行列もなければ、トマトを投げ合ったりもしない。むしろアートフェスティバルのようなもの、と言えば実情に近いだろうか。

じっさい、待機祭のメーンイベントは音楽だ。夏至を挟んだ待機祭の三日間、街中に音楽が、クラシックからポピュラーまで、ありとあらゆる種類の音楽があふれる。原則としてクラシックはコンサートホールで、ジャズはジャズクラブで行われるが、その他のジャンルは、ほとんどが屋外というかたちをとる。広場や街角に多数の仮設ステージがつくられ、そこで多種多様な演奏が繰り広げられ、歌声が響くのだ。あの広場ではロック風、あのストリートではダンス・ミュージック風、あの路地ではラップ風、というように。バンドの周りには聴衆が群がり、場合によっては踊り出す者たちもいて、熱狂と興奮の渦をつくり出す。強風に煽られる稲穂のように頭部が揺れ、汗が噴き出し、束の間の気晴らしにしては身が入りすぎているようにもみえた。やはり、日頃の待機にともなう不安や焦燥が、あるいは絶望に似た鬱屈が、このようなオルギーを生み出すのであろうか。眼に涙を溜めている者までいて、その涙が汗と一緒にキラキラと金属片のように飛び散るのだった。

したがって、いや、どんな祭もそうかもしれないが、待機祭の直後は独特の寂寥感が街に漂う。それはまるで、待機という私たちの仕事は幻影にすぎず、その幻影の薄膜が取り払われて、それまで隠されていた街の本来の姿が剝き出しにされてしまったかのようなのだ。上空を見上げると、空もまた一皮剝けたのか、ふだんはみえない巨大な虹色の螺旋、あるいは螺旋状の虹があらわれて、ゆっくりと旋回しながら、私たちに向かって、何か得体の知れない不安な音響を発している。すると束の間、私たちは錯覚するのだ、自分たちはいま、まあたらしい廃墟にいるのではないか、何かしら核心的な出来事から決定的に置き去りにされてしまって、もう成すべきことは何もないのでないか、と。もちろん、それは束の間である。二、三日もすれば、待機の雰囲気が街をふたたびうっすらと覆うようになり、私たちはまたジム通いに精を出すようになる。

2

話を戻そう。プフォによるオペラの台本も、待機祭実行委員会からの委託を受けて書かれたものだった。題して「肉頭オペラ」。作中の登場人物たちに、スペルマムプフィやスペルマムプフォやスペルマムプファといった名前が出てくるが、それらが私たち当人であるかどうかは知らない。ちなみに、スペルマムプファもスペルマムプフィもスペルマムプフォも、私たちの世界ではごくありふれた名前であり、それらの名前をもつ者はほとんど無数に存在する。ともあれ、以下がそのテクストである。

3

肉頭オペラ

プフォの台本による

肉頭うっすら、とスペルマムプフィ、
肉頭うっすら、とスペルマムプファ、

でも、肉頭って何だ？　とスペルマムプフェ、
だから、それを定義したいと思う、とスペルマムプファ、
これからのヒトの、基本的なあり方ともかかわる問題でもあるし、とスペルマムプフィ、

でも、肉頭と書いて、とスペルマムプフォ、
にくあたまと読むのか、にくとうと読むのか、とスペルマムプフゥ、
えっ？　わたくしはにくあたまと読んだ、とスペルマムプフィ、
えっ？　わたくしはにくとうと読んだ、とスペルマムプファ、

ともあれ、とスペルマムプフィとスペルマムプファ、
ヒトの場合、とスペルマムプフィ、
肉は頭の下方にあるもの、とスペルマムプフェ、
という通念に縛られている、とスペルマムプファ、
頭部は硬い頭蓋骨で覆われているが、首から下はところどころ肉質でやわらかい、とスペルマムプフォ、
それがヒトの一般的なイメージであろうか、とスペルマムプフィ、
ところが肉頭とは、とスペルマムプフォ、
肉でできた頭、とスペルマムプフゥ、

いや、頭部そのものが肉であるような、あたらしいヒトのタイプなのだ、とスペルマムプファ、

だが、それは正確な定義ではない、と全員、

肉頭うっすら、とスペルマムプフェとスペルマムプフォ、
肉頭うっすら、とスペルマムプフゥとスペルマムプフエ、
肉頭うっすら、とスペルマムプフォとスペルマムプフゥ、

この、とスペルマムプフィ、
うっすら、とスペルマムプファ、
という語感が大切だ、とスペルマムプフィ、
肉が頭を剝いて、その内側から、いままさにあらわれ出ようとしている、とスペルマムプフォ、

そう、そんなイメージ、とスペルマムプファ、
だから肉頭とは、時間のひとつの形式でもあるのだ、とスペルマムプフィ、
あるいは、と全員、

草地から、血が、昇っていました、
血が、草地から、昇っていました、
灰の、眼の、はめ込まれた、壁に沿って、
茎のように、すこし変、熱はないけれど、
昇っていました、血が、草地から、
昇っていました、草地から、血が、
朝は起きる、犬と遊ぶ、女をのけぞらせたい、
そんな行為を、抜けて、きたのでしょう、
茎のように、灰の、眼の、はめ込まれた、
壁に沿って、血が、すこし変、
失業してしまったし、血が、草地から、

草地から、昇っていました、昇っていました、
血が、草地から、昇っていました、
草地から、血が、昇っていました、
やや遅れて、肉が？　肉が？

と全員、

そう、そんなイメージ、とスペルマムプフィ、

肉が血に追いつき、とスペルマムプフゥ、
肉が血を追い越し、とスペルマムプフォ、
あるいは血から剝きあらわれるように、とスペルマムプフェ、

肉頭うっすら、剝きあらわれるように、とスペルマムプフィをのぞく全員、
肉頭うっすら、剝きあらわれるように、とスペルマムプファをのぞく全員、

そう、そんなイメージを、とスペルマムプフィ、
わたくしは頭に育てているのだ、とスペルマムプファ、
するとわたくしも肉頭だ、とスペルマムプフィとスペルマムプファ、
するとわたくしも肉頭だ、と全員、

4

台本を書き終えると、プフォはそれを持って私の通っているジムを訪れ、休憩室で私に読ませてくれた。

「どう?」と、いきなり感想を求められたが、「何だこれは?」が偽らざる感想であり、だがそれは口に出さなかった。それに、感想を言うより早く、「肉頭うっすら」というリフレインが頭にこびりついてしまっていた。肉頭うっすら、オペラの台本というより、これはやはり、プフォが書いた詩である。それ以上でもそれ以下でもないような気がする。肉頭うっすら、肉頭うっすら、それでもかろうじて、

「面白いよ」と私はありきたりの賛辞を述べた。

「それはよかった」とプフィもありきたりの受け止めで応えた。

「感想というよりは質問だけど」と私は、肉頭うっすら、この言葉がしゃっくりのように脳内に湧くのを感じながら、ようやくためらいがちに言葉をつなげた。「このニクトウ、いや、ニクアタマかな、これは主の住む世界で信じられている私たちの一般的なイメージ、あの極微なオタマジャクシにも似た、頭でっかちで頭から下は鞭毛をそよがせているあのイメージだろうか」

「いや、そうともかぎらないよ。俺が触発されたのは、フランシス・ベーコンの一連の絵画なんだ」

「ああ、あれね。言われてみればそうだなあ。「肉頭うっすら、剝きあらわれるように」なんて、まさにベーコンの絵の雰囲気だよね。それを「あたらしいヒトのタイプ」として提示したんだね」

「そう、台本には書かなかったけど、アフターマンとしてね」

「アフターマン？」

「人間以後ってことだよ」

「そうか。人間中心主義批判という感じもするな」

「まあ、きみは学者だからな。俺はただ、肉を強調したかった。アフターマンは俺たちのように肉と頭が分離してちゃいけない。肉が頭であり、頭が肉であるべきなんだ。それと、オペラとは関係ないけど、人間以後の地上では、蛇も足をもつよ」

　いたずらっぽくプフォは笑った。

「蛇も足をもつ？」

「だからさ、創世記によれば、アダムとイヴをそそのかしたばっかりに、蛇は足もなく地を這いずりまわることを宿命づけられたわけだろ」

「まあそういうことだろうね」

「ところが、もうアダムとイヴの子孫は絶滅してしまった。となると、蛇に足がない理由もなくなってしまう」

　詩人の想像力とは、こんなくだらないこと、余計なことにまで働くものなのか。苦笑しながら、

「ところで、作曲は？」と私は訊いた。肉頭うっすら、またこの言葉がしゃっくりのように出て、そのあと、「誰が作曲するの」

「さあ、誰が曲を書くのかは知らされていないんだ。まあ俺のテクストの雰囲

気からして、現代音楽風だとは思うけど」
私はあきれた。プフォらしいといえばプフォらしいが、なんともいい加減な話だ。

5

「たとえいまいる場を動く予定がないときでも、たえず出発のことを考えていなければならない。なぜなら、われわれの行為は、ただ出発においてしか輝かないものであろうから」

（プフォ『後背箴言集』）

6

「肉頭オペラ」の初演は、待機祭の初日に、精巣西アートセンター小ホールで行われた。

私も招待されていそいそと出かけたが、小ホールでオペラなど上演できるのだろうかという疑念が、まずあった。そしてじっさい、そこに繰り広げられたのは、オペラとは名ばかりの地味なパフォーマンスであった。歌手も出なければオーケストラの演奏もない。舞台装置もきわめて簡素で、ホリゾントに、CGと思われるある映像が繰り返し映し出されるだけだ。壁をつたって、血の色をしたセイタカアワダチソウのような草が一本、するすると伸びてゆく。およそ人の高さほどに達したところで、不意に草は黒褐色に変色し萎れてしまう。草の一生を超高速度撮影したみたいだ。するとそのかたわらから、べつのセイタカアワダチソウのような草が一本、同じようにまたするすると伸びてゆく。以下同様。それが延々と繰り返される映像を背景に、やはり延々と、心臓の鼓動のような単調なビートを刻む電子音楽が流される。そしてそこにときどき、スペルマムプファ、スペルマムプフィ、スペルマムプフゥ、スペルマムプフェ、そしてスペルマムプフォという五つの声がかぶさり、ときに単一に、ときに二重に、ときに多重にひびくが、誰の声なのか、誰と誰の声なのか、などという判別はほとんど不可能なまま、しかしいずれにしても、上に掲げたテクストの太字部分を歌うのである。

いや、歌うというのは正確ではない。わずかに、「草地から、血が、昇っていました」から「やや遅れて、肉が？　肉が？」までの部分が、ラップ調に歌われるのみで、あとはメロディーもなく抑揚もなく、ただ台詞が、あるときは叫ぶように、またあるときはつぶやくように発声されるにすぎない。そのラップ調も、「全員」とト書きにあるように、五つの声全部によるものだから、揃ってても揃わなくてもなんとなく奇妙だが、結局のところ最後はばらばらになってしまって、ある意味ではなんともアナーキーなラップとなった。ところがその後、また冒頭の「草地から、血が、昇っていました」に戻り、今度はあきらかに統御された五つの声が、ちょうどホリゾントに映し出されてゆく草また草のように、声が声を追ってゆくラップ調フーガの趣となって、ある意味不思議な盛り上がりをみせた。

ともあれ、この作品のどこがオペラなのか。じっさい、オペラと銘打っているのに、プログラムのどこにも作曲者の名前は見当たらないのだ。そういえばプフォは、私に台本を読ませてくれたとき、誰が作曲するのか知らされていないと言ったのだった。ほんとうは最後まで誰が作曲するのか決まらず、あるいは誰も作曲を引き受けてくれないまま、公演を迎えてしまったのではないだろうか。

そこで急きょ、ラップ調という案が考えられた。なるほどラップ調が唯一の音楽らしい要素ということになれば、作曲者の必要はなくなるだろう。台本作者と演出者だけで十分だ。どうもそのような事の次第ではなかったかと思われる。

プログラムには、つぎのような「演出ノート」も付されていた。

うたではない、声だ、いまここをつらぬいてゆくのは、つらぬきつつ立ち帰り、つまるところ蔓草のようにいまここをつらぬいてゆくのは……声はどんな名も告げない、どんな方向ももたない、いわば決して創造しない、だから声は、夜のなか、沈黙というこわれやすい器のへりで、ヨーガせよ、ヨーガせよ……うたではない、声だ、そして願わくは、声を捉えようとする音楽家の手など、砕かれよ……

半ばは意味不明で、台本同様まるでプファの詩みたいだが、なるほどこれでは、作曲や演奏や歌唱の介在はかえってこのオペラのコンセプトを裏切ることになるだろう。「肉頭オペラ」とは、つまるところアンチ・オペラ、あるいは自分で自分の首を絞めているようなオペラだ。

声の出演者についていえば、ト書きの登場人物そのままに、スペルマムプファ、スペルマムプフィ、スペルマムプフゥ、スペルマムプフェ、スペルマムプフォ、と並べてプログラムに記されてあった。それはさながら、登場人物カルメンが、そのままカルメンという名の歌手でもあるということだ。もちろん、私プフィは観客として客席にいたのだから、声の出演者のプフィではない。声を出していたのは、私たちの世界に無数にいる私以外のプフィの誰かである。

そして、歌詞——と一応言っておくが、その行から行への移行がなんとも間遠で、たとえば冒頭の「肉頭うっすら」がつぶやかれてから、つぎの「肉頭うっすら」がつぶやかれるまで、たっぷり二分はかかっている。しかも、歌詞の進行につれてこのインターバルはひろがってゆく一方なので、わずかこれだけの歌詞の量なのに、五つの声が全部を発声し終えるのに、なんと二時間半近くも要したのである。

したがって当然、上演途中からブーイングの嵐となった。開始時点で二〇〇人ほどいた観客は、終了時にはわずか一三人に減っていた。カーテンコールとなって、誰が出てくるのか注視していると、作者のプフォと演出家だけが挨拶に出てきて、深々と頭を下げたので、私も仕方なく拍手を送った。およそ一〇人ほどがそれに同調して、パラパラと天気雨がトタン屋根を打つような拍手になった。

7

打ち上げパーティーはアートセンターのロビーで行われた。関係者十数名のほかに、私を含めた観客数名という淋しいパーティーだった。司会者に紹介されてプロデューサーが挨拶に立ったが、マイクの調子が悪いのか、何を言っているのかさっぱり聴き取れなかった。乾杯のあと、私はプフォに、「面白かったよ」と儀礼的な感想を述べ、さらに、なんでこんな上演形態にしたのかと訊ねた。

「いや、俺はただテクストを提供しただけだよ。演出家をいま紹介するから、彼に訊いてくれ」

そう言ってプフォは、白髪混じりの中年の男を連れてきた。

「俺の友人のプフィ、学者なんだ」

「プフィといいます。はじめまして」

「はじめまして。演出のペヒャです」

「で、なんでこんなオペラにしたんですか」

「というと」

「つまり、歌手もいなければオーケストラの演奏もないですよね。わずかに複数の声が聞こえてくるだけで、人を食っているとしか思えません」

「まあそうかもしれません。でも、プフォさんの台本を読んで、これはこんなふうに演出するしかないなと思いました。つまりその、待機祭を異化させるために、とでも言いましょうか」

「異化?」私が訊き返すと、

「待機祭というのは欺瞞だよ」とプフォが脇から口を出した。「誰かわれわれにストームという夢を吹き込んでいる連中が、われわれを欺くべく待機祭というのを発案したんだ」

私は驚いた。ストームとは、誰かが私たちに吹き込んだ夢なのか。

「でも、待機はわれわれのほとんど存在理由といってもよい仕事だよね。じっさい、きみの代表作ともいえる「大待機」、あれは待機をたたえる詩じゃなかったのか」

「いや、それはちょっとちがう。俺はアイロニーのつもりで「待機」と言ったんだ。ありていにいうなら、俺たちの生は待機じゃなくて猶予だよ。ストームなんて夢のまた夢。たいていは主自身の手によって主の外に出され、外気に触れてたちまち死んでしまう。それがわれわれの運命じゃないか。それまでの猶予を生きているというのが、まあ偽らざるわれわれの生の実態だろう。だから祭の名前も、待機祭じゃなく猶予祭とするべきなんだ」

それはその通りかもしれない。私たちを待ち受けているある決定的な出来事、それは九九％の確率で無意味な死であり、それが起こるまでの猶予の時間こそを、たしかに私たちは生きているのだ。

ちなみに、待機と猶予では、その意味のベクトルもかなりちがうように思われる。待機というと、何かしら肯定的なニュアンスが伴う。どちらかといえば期待を伴って、何かよい知らせや出来事に対して臨んでいるというような。これに対して猶予という語には、たとえば執行猶予というように、何か悪い事態の到来を、不安や恐怖とともに待っているような、いや待たされているような、そんなニュアンスがある。

「待機祭じゃなく、猶予祭」とプフォは繰り返した。

「いや、それはちょっと言い過ぎでしょう」いつのまにかプロデューサーが私たちの話に加わっていて、口を挟んだ。「ストームはある意味、われわれにとって解放ですよ。待機祭でわれわれがこんなに騒ぐのも、結局日頃の待機が息苦しいからじゃないんですか。なんかこう、ソフトに管理され支配されているようで」

「解放か。でもちょっとアイロニーだなあ」プフォがロビーの天井を仰ぐようにして言った。

「いや、それを言うなら、むしろ追放でしょう」と、今度は観客とおぼしき初老の男が割り込んだ。「われわれは主のなかの保護された世界から、恐るべき外へと追放されるのです」

　確信にみちた、まるで宗教団体の信者が勧誘するような言い方なので、ここで議論は一気にすぼんでしまった。

「とにかく、お疲れさま。また会おう」と私はプフォに労いの言葉をかけ、早めに打ち上げの会場を後にした。そして、星のみえない夜空に明日の希望のなさを重ねながら、やや肩を落として帰路に就いた。

8

待機と猶予。解放と追放。やや対立し合うそれらの言葉のペアが、カプセル状の塒――私たちはときおりそれを棺《コフィン》と呼んだが――に戻った私の頭のなかで渦巻いた。

ストームと呼ばれる見果てぬ夢。私たちはいつの日にかターミナルを出発し、危険をも顧みず、おぞましくも美しい母なる襞に入り込む。あの大いなる襞だ。そしてそこを奥へ奥へひたすらすすみながら、やがて地母と呼ばれる神々しい存在に遭遇し、地母との融合、そして不滅の生のプログラムの作動という、およそ考えられうるかぎりもっとも神秘な事象をわがものとする。

予感としてこれ以上確かな出来事もない。だがそれは同時に、天文学的に低い確率でもたらされるアクシデントのようなものでもある。じっさい、地母と遭遇できるのはほんのひとにぎりの者にかぎられ、しかも不滅の生のプログラムに直接かかわることができるのは、そのなかのまた、たったひとりとされる。あとの者は行き倒れて、母なる襞の藻屑と消えてしまうのだ。しかし、それでも十分に満足なような気がする。この待機もしくは猶予の息苦しさに比べれば、なんという壮大な任務、高貴な自己犠牲。いや、それらを通した存在の存在自身による軽やかな費消というべきだ。これ以上の純粋な陶酔、いや狂気があるだろうか。

　最終的にこの狂気という言葉を引き出せたことで、私はいくらか慰められた。ちょうどその頃、古今東西のさまざまな文献を繙きながら、狂気ほど神聖なものはないという結論に、ようやく到達しつつあったのである。そう、肉頭うっすら、剝きあらわれるように。

第二部

受精の過程も動物の交尾の起源にある破局とよく似た原初的な破局の繰り返しである、ということを認めても、われわれは生殖の理論を放棄するはめには陥らない。それどころか、われわれの理論を「生殖前」生物学の争う余地のない論拠と調和させることもできよう。そのためには、性交の行為において、そして性交と非常に密接な関係にある受精の行為において、単に個体の破局（誕生）や種の最後の破局のみならず、生命の発生いらい耐えしのんできたあらゆる破局もまた融合してただ一つのものになる、と想像するだけで充分である。したがって、オルガスムスのなかにあらわれるもの、それは単に子宮内の静寂や安楽な場所におちついたのどかな存在であるばかりではなく、生命の発生前の静寂そのもの、すなわち非有機的な存在の死の平和である。

――フェレンツィ『タラッサ』

0

すべてはごたごたと、だがいよいよまぎれもなく、森の混沌あるいは人生の核心に向かってすすんでゆく。

1

マクロファージが焼き上がった。マクロファージ腿肉の炙り焼きタイム風味。塩も胡椒もソースもないが、私たち、私とプファは、それぞれの手で肉を裂いて、飢えた子供のようにかぶりついてゆく。ぱりぱりとした皮が意外なおいしさで、なかの肉も、ふつうのローストチキンに近い、まずまずの味だった。とびきりジューシーというのでもないが、ぱさぱさした無味というのでもない。おまけに、かすかな塩味があった。あんなに私たちを苦しめた獰猛な生き物なのに、不思議といえば不思議である。貞子さんの体内のマクロファージだから特別なのか。いや、そんなこともあるまい。海のそばに育ったせいではないだろうか。以前、グルメを自認するジム仲間のひとりから、ノルマンディー地方の特産である子羊は、海の近くの牧場で飼育されるため、もともとかすかに塩味が肉にしみ込んでいるという話を聞いたことがある。

生焼けの部分が出てくると私たちはまた三脚に吊して焼いた。今度はブラジル料理のシュラスコみたいだ。ただ、香草を巻きつけても独特の臭いは取れず、それは骨の近くになるにつれてひどさを増した。同時にしかし、私たちのお腹も満たされてきた。臭いと食欲の秤が釣り合って止まったとき、私たちはマクロファージの腿を石の囲いの向こうに投げた。

思えば、われらが詩人プフォはマクロファージの群れに襲われ、肉という肉を啄まれたのだった。いくらかその仕返しをしたような気分になったとしても、そんな私たちを誰も笑えないだろう。

それから私は、仰向けになって赤黒い空を眺めた。いつも赤黒い、永遠に赤黒いかと思われる空。めくれかえったみみず腫れの雲の一部からは、白っぽい星のようなものが、またたいてはうすれてゆく。眺めつづけているうちに、いつのまにかうとうととしてきた。

すると私は、人を喰っているではないか。人はひどく小さい。目刺大だ。しかも、それこそ目刺のように頭を束ねられた人ふたりを、口に入れているのだ。

噛み砕こうとするが、たぶんひどく苦い味がするのではないかと思えて、その気になれない。そこで呑み込む。しばらくのあいだ、人が胃のなかにいて、その骨が胃壁にぶつかったりして、すこぶる気持ち悪い。

「『銀河鉄道の夜』ってありますよね」

「えっ？」私はびっくりして、そのときはじめて、つかのま夢をみていたことに気づいた。

「『銀河鉄道の夜』ってありますよね」同じ言葉がまた耳に入ってきた。プファの声だ。彼も仰向けになって赤黒い空を眺めながら、いきなり私に訊いてきていたのである。

まさかプファのようなエリートからそんな文学作品の名前が出てくるとは思ってもみなかったので、私はもう一度びっくりして、せっかくの仰向けから上体を起こしてしまった。

「読んだことあるの？」

「ええまあ」

プファの返事を聞いて、私はまた仰向けになった。

「あれって、ジョバンニとカムパネルラというふたりの少年がする旅の話でしたよね。どこか俺たちと似てませんか」

「でも、彼らはそれこそ銀河鉄道に乗って、幻想的な宇宙空間を旅するわけだからねえ。われわれの旅に似ているのは、むしろ『ミクロの決死圏』とかじゃないの」

「何ですか、それ」

「むかしのＳＦ」

「へえ、ＳＦも読むんだ」

「まあね。映画化もされたよ。もうよく覚えてないけど、たしか、芥子粒みたいに小さくなった医師団が、やはり芥子粒みたいな船に乗ってヒトの体内に入り、何か病気を治すという話じゃなかったかな」

「いや、そういうことじゃなくて」と今度はプファが身を起こしながら言った。

「ジョバンニとカムパネルラの心境っていうか、ほら、乗客がどんどん降りていって、最後はふたりきりになるわけじゃないですか。『また僕たちふたりっきりになったねえ、どこまでもどこまでも一緒に行こう』なんてジョバンニが言う」

「そうだけど、つぎの瞬間、もうカムパネルラはいなくなっている」

そう言ってから、私はしかし、まずいことを口に出してしまったと思った。仮に私たちがジョバンニとカムパネルラに似ているとして、私とプファと、どちらがカムパネルラなのだろうか。彼はすでに死出の旅に出ていて、「どこまでも一緒に行こう」というジョバンニの友情に応えることができないのだ。プファも私と同じことを思ったのか、

「ときどき考えることがあるんですが」と、すこし話をそらすようにして言った。「あのあとジョバンニはどうなったんだろうって。無二の友が死んだにしては、母に牛乳を届けることを思い出したりして、しかもそこで物語は終わってしまう。なんだかまだ先があるような終わりかたですよね。『銀河鉄道の夜』続編みたいなものを、誰か書かないかなあ。未完なんでしょ、あれ」

「まあそうらしいけど」

しかしその先がつづかない。代わって、意識も感覚も、いま私たちが身を横たえているこの、貞子さんの海に臨んだ浜辺に戻ってきた。

2

あらためて入り江全体を見渡してみるが、私とプファのほかに人影はない。ということは、この浜辺に打ち上げられたのは、私たちだけなのだろうか。もしそうだとしたら、うれしいやら、さみしいやらだ。おそらく、ほかにも似たような入り江があって、そこに同類のいくたりかが打ち上げられたということはありうる。そう考えるほうが自然だろう。

地の底のほうからは例の鼓動の響きが伝わってきて、その重低音に合わせて、空の赤黒いみみず腫れのような雲がかすかに顫動しているのがわかる。あそこを貞子さんの途方もない量の血液が流れているのだ。

主のこと、主が犯したかもしれない罪のこと、あるいはストームのこと、貞子さんのこと。そのことごとくが思い出されたなかで、ただひとつ、海のなかでのことがはっきりしない。うれしいような悲しいような、妙に甲高い叫びを上げながら、臙脂色のねっとりした波に飛び込んだまでは覚えている。ところが、そのあとどうやって泳ぎ、どうやって呼吸していたのか。乗り物は与えられていたのか。マクロファージのような敵はいなかったのか。あるいは、大きな魚に呑み込まれて、旧約聖書に出てくるヨナのように、かえってその腹のなかに保護されていたなんてことも、ありえたかもしれない。そして何より、ほかの同類たちはどうなったのか、なぜ私はまたプフィと一緒にこの浜辺に打ち上げられたのか。

ほとんど思い出せない。たぶん主のターミナルから貞子さんのなかへと放り出されたストームの最初のステージと同じで、気を失っていたのだろうと思う。もちろん時間はずっと長い。ストームの最初のステージはせいぜい十数秒といったところだが、貞子さんの海にいたのは、数時間ないしは半日ぐらいにも及んでいたのではないかと思える。

「海のこと覚えている?」念のため私はプファに訊いてみた。

「いや。プフィは?」

「私も覚えていないんだ。たぶん意識を失っていたんじゃないかな」

「ただ俺、かすかに音楽を聴いていたような気がするんですけど」

「音楽？」

「そう、よく覚えていないんですが、トランス・ミュージックみたいな、果てしないビートの繰り返し……」

「でも、それはこの鼓動の響きじゃないの？　ほら」と私はプファの注意を促した。もちろん彼にも聞こえていた。

「いや、ちがうような気がします、こんな重低音ではなくて、もっとこう、踊りたくなるような」

まさか海の底がクラブになっていたとも思われないが、それっきりプファは話さなくなった。ふと何かが感知されて、それが何であるかを全身でさぐっているような、そんな様子をしばらくみせたあと、

「あれ、何か聞こえません？」と唐突に言いながら起き上がった。「いや、そうじゃない、音じゃなくて、なんていったらいいのか、かすかな波動みたいな感じ」

実は私もそうだった。何かが私の五官の奥底に波動として伝わり、そこに眠っている情報を呼び出そうとしているような、あるいは、そう、あの私のなかの私を越えた何者かを呼び覚ましてそれとひそかに感応しあっているような、そんな感じがしていたのだ。

「地母からの信号ではないだろうか」と言って私も起き上がった。「何かの本で読んだことがある。このあたりまで来ると、われわれは地母の存在を本能的に感じ取れるようになるらしいんだ」

いや、さっき意識の戻りとともに聞こえてきた「眼をさませ」という声、あれも地母からの波動だったのではないだろうか。私はそれをいわば意識下で翻訳して、言葉として聞いたのだ。

「じゃあ、地母が降りてきているんですね、絨毛の大森林のなかに」

「たぶん」

するとと、ひとまずは興奮を禁じ得ないというふうに、プファは立ち上がり、ガッツポーズを取った。若いなあと思う。私はといえば、もちろんそうしたい気持ちもあったけれど、同時に、ストームへの行進が始まったときから感じていた重苦しい気分がまたあらためて頭をもたげてくるのだった。私たちのこのほとんど奇蹟といってもいいような幸運は、しかし、主のレイプによってもたらされたものかもしれないのだ。もしそうならば、私たちははたしてその罪と無関係であると言い切れるかどうか。貞子さんのためにもむしろ地母と融合することをいさぎよくあきらめ、ここで朽ち果ててゆくべきではないのか。

「わかりますよ」すぐに冷静さを取り戻したプファが、私の隣に座り直して言った。「あんたの考えていること」

「いや、きみはそんなこと」と私が言おうとすると、

「いや、俺だって」とプファが強い意志を込めて私の言葉をうち消し、こうつづけた。「俺だって、悩んではいるんです。なんで主はレイプなんかしたのか。俺たちのことなんか全然考えていない。だって俺たち、ただでさえ困難をきわめる冒険の旅じゃないですか、洞窟のなかの殺人的な水といい、大渓谷のあのおぞましいマクロファージといい、あるいは貞子さんの海だってそうだったかもしれない。手術のときの麻酔みたいなもので、もし俺たちに意識があったらとても耐えられないようなことが起こっていたんじゃないのかな。そのうえこ

んなうしろめたい気分を負わされるなんて」

「でも」と私は言いかけて、プファの心の揺らぎが収まるのを待つように、ひと呼吸おいた。

実は迷ったのだ。プフォの情報によって、主のレイプが確定的な事実とはいえなくなっていること、いわばシュレディンガーの猫の状態に置かれているということを、この一途な青年に伝えるべきかどうか。もし伝えたら、プファの心はいまよりも晴れ、地母をもとめるその志向性は一段とひたむきなものに純化されてゆくだろう。それでいい、それでいいのだと思いながら、どこかでプファのその意欲に水を差したい気持ちも芽生えていることに、われながら驚いてもいた。

「きみは」と私は、ようやく言葉を継いだ。「きみはわれわれのなかの精鋭だ。そんなことはあまり考えずに、主から主へと、われわれの不死のプログラムを遂行していかなければならない。それがわれわれの最大の存在理由だろうからね。うしろめたい気分とかは私が引き受ける」

「どうやって?」

「えっ？」

「いや、だからどんなふうにプフィ、あんたに責任が取れるんですか」

言われてみればその通りだ。私ひとりがいくら良心の呵責を引き受けて七転八倒したところで、プファが地母と融合してしまえばそれまでなのだから。

「俺を殺すしかないでしょ」半ば私をからかうように、プファは言った。しかしその眼の奥には、いましがたの心の揺らぎとはうって変わって、雲母をひらめかせたような意志の輝きが認められた。

3

法定速度の男の車もほどなく人造湖の手前の公園までたどり着き、その駐車場に男はいったん車を止めた。エンジンはかけたまま、近くに自販機がみえたので、そこまで行って缶コーヒーをふたつ買った。暑いのに熱い缶コーヒー。車に戻ってきて、黙って女に渡すと、女も黙ったまま受け取る。べつだん喉が渇いていたわけでもなく、ほとんど意味のない行動だったが、このさきどんな展開になろうと、とにかくワンクッション置きたかったのだ。

男はふたたび思った。いっそ、この女が死体であればいい。殺した女を助手席に乗せて、俺はこれから、どこか人の入らない森の奥にでも遺棄しにゆくのだ。女は眠っているようにみえるが、その肌にはすでにすこし死斑が出ていて、よくみると、蝶の織りなす影のように夢幻的だったりする。一度抱いてから棄てようか。死んだ女の膣は収縮するので、すこぶる具合がいいという話を、どこかで聞いたような気がする。

ひと口ふた口飲んで、男はふたたびハンドルを握り、まさにいまいる公園を起点とする周遊道路に入った。樹木のトンネルを行く爽快な林道で、いま走ってきた一般道からくらべると交通量ははるかに少ない。いきなりヘアピン状のカーブがあって、曲がりきったところの右側に、待ちかまえていたように、立て続けにラブホテルの案内板がふたつあらわれた。ホテル村山、ホテルエチカ。まさか。エロチカの間違いだろう。いや、露骨にそんな同語反復みたいな名前がつくわけもなく、エチカでもエロチカでもない文字列を、たぶん男が読み間違えてしまったのだ。瞬時のうちに、木立越しに読むのであるから。建物本体はさらに本格的に木立にさえぎられて、よくみえない。白亜かピンクの二、三階建てだろうが、男はそこもやり過ごした。向かって左側、つまり女の側の樹間からは、ときどき人造湖の薄青い湖面がみえて、ふたりを窺う大地の瞳のようだった。

「あのね、人のからだの七割は水なんだって」

信じられないことだが、車に乗ってからはじめて、女が言葉を発した。人造湖がみえ、缶コーヒーを手にしているからといって、つまらない連想をする女だと男は思ったが、ただ、どこかで仕入れてきた雑学的知識を、妙にしんみりした語気に乗せているというような印象もあった。どうでもいい。たぶん男の情欲の虫を察知して、うれしいような悲しいような、複雑な気分に襲われたのだろう。あのね、人のからだの七割は水なんだって。見事な抒情詩の第一行だ。あるいは、何かのCMで使われていたフレーズだったような気もする。スポーツ飲料だったか化粧品だったか。

しかし、男は応答しなかった。すこし間を置いて、女はつづけた。

「いま私たちが飲んでいる水も、何年か前は人だったかもね」

おいおい、コーヒーがまずくなるようなこと言うなよ。だが男は、口には出さなかった。周囲の緑がいちだんと濃くなったような気がした。何もかもがくだらなく、つまらなく、この緑のなかに閉塞して、情欲の虫だけが薄皮を破りつづけているのだ。その音がきこえてきそうな感じさえした。

周遊道路がどこまでもつづいた。人造湖の入り組んだかたちに沿ってすすむのでカーブが多く、余計に長く感じられるのかもしれない。ただ、ハンドルさばきは心地よい。何度目かのカーブではじめて車とすれちがった。ワゴン車だった。さすがに歩行者に出くわすことはないが、車はときどき通る。昼日中でもあるし、どこかに車を止めてそこでことを済ませるというのは、やはりちょっとまずいだろう。周遊道路をひとまわりして、それからあらためて、さっき通り過ぎたような起点近くのラブホテル密集地帯に向かえばいい。そう思ったとき、また女が言葉を発した。

「あと何十年かしたら、あなたも死んで水になって、どこかを流れるのね」

死んだら灰になるんだろうが、と男は思う。それにしても、「あなた」という限定に感情の棘がほのめいて、しかし「どこかを流れる」のあとの語尾は女の座席の下のほうに沈んで、そこでしばらくうずくまっているような気がした。

「何が言いたいんだよ」

ついに男は応接した。縁起でもないことを言われて気を悪くしたというより、語尾の行方が気になって、それを救い出したいような、つまりもう一度女がそれを捉えなおしてくれたらというような気分があったからだ。

「だから」と女が言いかけたとき、突然車ががたがたと振動し始めた。バウンドさえする。女が手にしていた缶コーヒーも揺れ、飲み口から中身が躍り出しそうになった。

舗装がとぎれて、でこぼこのある砂利道になったのだった。周遊道路がこんな悪路のはずはないので、これはたぶんただの林道で、そのうち行き止まりになってしまうかもしれない。そしてほんとうの周遊道路は、いま左手にしている人造湖を越えた向こう側からはじまり、もうひとつの人造湖のまわりを走るものであったのかもしれない。なにしろ滅多に通らない道だから、記憶がかなりいい加減になってしまっているのだ。

「何が言いたいんだよ」

小刻みに上下するハンドルを押さえつけるようにしながら、男は繰り返した。

「だから」と女も繰り返した。

「みんな水になったら、まぜまぜで楽しいのに」

それが女の言いたいことだった。みんな水になったら、まぜまぜで楽しいのに。これも見事な抒情詩の一行だ。たしかにまぜまぜは楽しいだろう。死も、水も、セックスも。砂利道それ自体が、何かしらすでにシャッフルの役目をしているではないか。

いや、まぜまぜの意味するところはもっと過激かもしれない。抒情詩というよりはアナキズム思想の表明かもしれない。生の現実はすぐれて流動的である。まぜまぜである。私有はそれを固定してしまう。そこにたたかいの場が生じる。奪われたら奪い返せ、排除されたら占拠せよ。男は失業して鬱屈した日々を過ごしており、それがいつ暴力となって身体に乗り移るかもしれなかった。

まさか。だが少なくとも、砂利道は砂利道で終わらなかった。右手の道路脇に、ゴミ捨て場のような一角がみえてきたと思ったら、雑木林にも食い込む幅で、実にさまざまな粗大ゴミが捨てられてあり、しかもその光景はあきれるほど長くつづいているのだった。

「なんだこれは」

思わぬ発見をしたというように、男は眼を剝いた。夢を見ているのではないだろうか。女もつられて身を乗り出す。ゴミロードというべきだ。ソファや冷蔵庫はいうに及ばず、車まである。窓ガラスは粉々に砕かれ、タイヤはぺしゃんこにつぶれて、車体全体が半ば地面にめりこんでいる。それが一台また一台とつづき、まるで車の墓場だ。あるいは死んだ車たちのパレード。一瞬の錯覚として、車に乗っている男と女のほうが見物客になってその場に停止し、遺棄された車たちのほうがスペクタクルとなって窓外を移動しているようかのようだった。

「ひどいね、こんなところに棄てて」女が言った。

俺もおまえを棄てたはずだ。そうは言わなかったが、男にはしかし、眼前の車たちが、森の奥を死に場所とする象のように、人に使い捨てされるまえに自力でここまでやってきて行き倒れ、そのまま朽ち果てつつあるというふうにもみえた。

4

石の囲いのなかの火が消え、食後のけだるさや眠気も薄れてゆくと、私たち、私とプファとは、どちらからともなく立ち上がった。あるいは、私たちのなかの私たちを超えた何者かが、あるいはさらに、その何者かへと波動のように届いている地母の気配が、私たちを立ち上がらせたのかもしれない。いよいよ最後の旅程、絨毛の大森林のなかに入ってゆくべきときが来たのだ。ほかの同類に遅れをとらないためにも、ぐずぐずしてはいられない。

私はふと、『銀河鉄道の夜』のことにまた思いを馳せた。「未完なんでしょ、あれ」とプファは言った。でも、母に牛乳を届けるということが案外重要なのではあるまいか。ファンタジーの主人公の条件として、冒険の旅から必ず帰還することが挙げられるとすれば、ジョバンニは母に牛乳を届けに家に帰るのだから、その条件を満たしている。つまりあの時点で物語はひとまず終わっているのだ。未完でありながら、未完ではない、みたいに。そしてこの帰還ということが、ジョバンニと私たちとの決定的な違いである。幸か不幸か、私たちはファンタジーの主人公ではない。なぜなら、私たちには帰り着くということがないのだから。

行くだけの旅。私は前方に眼を据えた。浜辺の奥が森になっていることはすでに述べた。そこに向かって私たちは歩き始めた。だが、こころなしか私の足取りは重かった。砂に足を取られたせいばかりではない。通常のストームであれば、ここまで来たらもう喜び勇んで森へ入ってゆくところなのだろう。しかし私たちが地母との融合を果たし未来のいのちへと転生をはかろうとしているのは、こともあろうに主がレイプしたかもしれない女性の体内においてなのである。厚かましいというべきか、無神経というべきか、傍若無人というべきか。

いや非情というべきだろう。いつだったか、テレビのドキュメンタリーか何かで、旧ユーゴスラビアの内戦のときに敵の兵士にレイプされ妊娠してしまった若い女性の悲劇が紹介されていた。その後彼女が身ごもった子をどうしたのか忘れてしまったが、たぶん中絶したのであろうし、仮に産んだとしてもその母子の人生は尋常一様のものではなくなるだろう。いま私たちのやろうとしていることは、もしかしたらそういう母子をもうひと組つくろうとしていることにも等しいのだ。

プフォ、と私は心のなかで、死んだ詩人に呼びかけた。きみの言ったことはほんとうなのか。貞子さんも主を男として意識していて、このストームはそういうふたりのめくるめくような合意のもとに行われた可能性があるというのは、ほんとうにほんとうのことなのか。

堂々めぐりだった。いくら思いを整理しようとしても、すっきりした一本道にはならなかった。

「もう森へなんか行かない」唐突に私はつぶやいた。

「えっ?」

「いやね、そういう題の小説がむかしあったような気がして。『もう森へなんか行かない』。さっきのきみの『銀河鉄道の夜』へのお返しだよ」

「どんな話なんですか」

「それがよく覚えていないんだ。読んだのか読まなかったのかさえも。図書館の書棚で見ただけなのかもしれない。たしか海外小説シリーズとかの翻訳物じゃなかったかな。森に行った女の子が、そこでレイプされる。まちがってるかもしれないけどね」

「またレイプですか」うんざりというふうに、プファは応じた。それで私は、例のシュレディンガーの猫のことを言ってしまおうかと、喉にまで言葉が出かかったが、思いとどまった。

「小説じゃないけど」と私はつづける、「『処女の泉』という映画もあったな。これも古い映画だから知らないだろうね」

「ええ。ポルノ映画か何かですか」

私は苦笑した。タイトルがタイトルだから、そう思われても仕方のないところだ。

「いや、実はイングマル・ベルイマンというスエーデンの名匠の作品でね、宗教的な問いかけも含んだシリアスな芸術映画なんだ。舞台は中世の北欧で、やはり女の子が野外で複数の男に犯されて、殺されてしまう。でもその場所から、やがて恩寵のように泉が湧き出す」

「へえ……」

砂が足の下で軋む。貞子さんの海が、森への私たちの冒険を後押しするように、ねっとりと重い波を送り込んでくる。

「でもよくわからないなあ」

「何が？」

「だからその、レイプと恩寵の関係」

「たぶん」と言いかけて、私も思考の回路を見失った。「いやもうやめよう」

プファが先に立ち始めた。私のほうの足取りは、依然としてやはり、こころなしか重い。

もちろん、一方で私には、心底プファを支援してやりたい気持ちがあった。いま彼は私の前をすくなくとも私よりは力強い足取りで歩いている。あれほどの意志をもってストームの幾多の危難をくぐり抜けてきたのだ、このさきも彼の道行きをサポートしてやりながら、なんとか地母に出会わせてやりたい。地母を慕い地母と融合しようという彼の気持ちにはまじりけがないのだ。

それだけではない。この旅のあいだにも彼は成長しつづけている。いまや、崇高な存在に向かって自己を超え出ようとする者に特有の、きびしい孤独感のようなものまでもが、そのマッチョな肩のあたりから滲み出ているのだ。ひょっとしたら、と私は、さっきの「恩寵のように泉が涌き出す」という自分の言葉の意味を反芻した。プファこそ恩寵のように湧き出した泉ではないか。

いやいや、何を考えているんだ私は。さっきプファみずからが冗談まじりに明言したように、もしも私がおのれの良心に忠実であろうとするなら、プファを殺してストームの完遂を阻止するほかはないだろう。レイプだった可能性がある以上は、そうするのが当為というものではないか。体力では劣る私だが、絨毛の大森林で思わぬ奸計を思いつかないともかぎらないし、武器あるいは武器に類したアイテムだって見つかるかもしれない。

5

森に入っていった。方向は問題ではなかった。かすかに感じられる地母からの波動を、いわば磁石代わりにして進んで行けばよかった。波動が感じられなくなったら、方向を逸れたということで、また波動を捉えられるように修正する。そのうちに波動と一体になって、というか波動のほうがもう私たちを離さなくなったのだろう、逸れるということもなくなった。

森の最初は砂地の上に松や灌木が生えている程度のものだったが、すぐにふつうの初夏の雑木林のような感じになった。クヌギ、コナラ、ヤマザクラ。たまにアカマツが混じる。地面も砂ではなく、しっとりとした腐葉土の感じになって、下草の茂みが豊かになってきた。ふつうの雑木林とただひとつ違うのは、葉や枝や樹皮やその他において、すべてが濃淡さまざまな赤に染められていたことである。葉だけならば紅葉の季節と錯覚することもありえたかもしれない。だが、すでに何度も言及しているように、空も樹木も地面も、グラデーションの違いこそあれすべてが赤いのだ。

さらにすすむと道に出た。砂利道が右から左へまっすぐに走っている。なぜそんなところに道があるのかよくわからなかったが、そこをよぎってまた森の中に入っていった。今度も雑木林がつづいているが、こころなしか木々は大きさを増したように思える。

やがて、平地の雑木林というよりは深山幽谷という趣になった。下草も羊歯の類が多くなって、一段としっとりと森の褥を形成している。木の種類は、ブナとミズナラであろうか、かなりの大木もあって枝をひろげている。見上げると、まるで眼底の毛細管の拡がりを覗いているかのようだ。みんな葉が赤っぽいことはいうまでもない。

そのとき、足元をするすると蛇が一匹よぎっていった。蛇に出くわす人の常として、私たちは思わずひるんだが、鮮紅色の皮に黒い斑点があり、みみず腫れの赤黒い雲が蛇のサイズに縮約されたようだった。だが、それ以上に唖然としたのは、蛇に足がついていたことだ。

「足ついてなかった?」

「うん、ついていたね、二本か三本」

私はふと、「肉頭オペラ」初演の打ち上げパーティーでのプフォの言葉を思い出した。アフターマンの世界では、蛇も足をもつ。あるいは、蛇も縁起物と捉えれば、地母の降臨を私たちに知らせる使者のようなものだったのかもしれない。

それからまた道があって、もちろん人も車も通らないのになぜ道があるのだろうと考えながら、そこもよぎってまた森のなかに入っていった。相変わらず、ナラを主要種とする落葉樹林であって、まれに白樺の白い幹や、カラマツか何かの針葉樹の円錐形のシルエットがアクセントを成している。こんな美しい森にも、私はすこし苛立ちを見せ始めた。いったいいつになったら絨毛の大森林はあらわれるのだ。

体力という問題が、ひとつあった。マクロファージの炙り焼きでスタミナを補給したとはいえ、あの洞窟からはじまった危難の旅を通じて、私たちはすでにかなりの体力を消耗していた。早く絨毛の大森林があらわれてくれないと困るのだ。

6

数百メートルほどがたがた走って、ゴミロードもどうやら抜けたと思われたとき、ふと前方右手に、路肩が広がって林間の空き地のようになっている場所が見えてきた。ほとんど反射的に男はそこに車を入れ、エンジンを止めた。これ以上悪路をすすんでも仕方ないだろうと判断したのだ。一瞬の静寂。シートと背中の隙間から、熱い空気がもわっと広がる。前のめりになってあたりを見回すと、バンパーの先の丈の高いひとむらの草のうえに、一輪いや二輪、ひまわりをうんと小さくしたような、名前のわからない黄色い花が乗っている。こんな花あっただろうか。みている男よりみられている花のほうが不意をつかれて、きょとんとしている感じだ。さらに一瞬の静寂。

「あのね」とまた女が言葉を発した。「午前中、病院に行ってきたのね」

この「のね」という語尾が、どうも女の口癖のようだ。と思いながら、同時に男は、顔からすこし血の気が引くのを感じた。当然だろう。二年前一度女を妊娠中絶させたことがあり、またかと危惧したからだ。

「わたし、過呼吸だって」

「過呼吸？」

どうやら妊娠ではなさそうなので男は胸を撫でおろしたが、そのあと女から聞いた話は、その胸をもう一度逆さに撫で上げて、心の持ちようをいっそう不快にするようなものだった。

「じつは以前からときどきそうなるんだけど、突然呼吸ができなくなって、パニックになっちゃうのね」

「へえ、それで」

男はひとまず、関心のあるようなないような、半端な聞き方をしながら、前のめりからのけぞり気味に姿勢を変える。

「最初病院に行ったときは、いろいろ検査してもらったんだけど、異常なし。でも、突然呼吸ができなくなる恐怖が外出中よみがえったりすると、もう駄目、呼吸が苦しくて歩けなくなるような日がつづいて」

けれども、男はもうろくにきいていない。男にとっては、眼前の花に名前がないこと、いや名前を与えられないということが、さしあたり気になって仕方ない。世界のあれこれをいつもきっちり名づけているわけではないのに、どうしたことだろう、名前が与えられないと花はひとまわり大きくみえ、自分に迫ってくる感じだ。あるいはよりいっそう花自体にひきこもって、空間の奥にすうっと引いてゆくようにもみえる。要するに落ち着かない。

「で、きょうまた病院に行ったのね。そしたら、心療内科の先生から、最近何かつらいことはありませんでしたかって聞かれて」

とたんに涙があふれてきたのだという。しばらくは話ができないでいたが、少し落ち着いてから、洗いざらい、男のことを話した。すると先生は、「悲しいときには気持ちを抑え込まずに、涙が枯れるまで泣いたほうがいいですよ。泣き足りなかったら、いまここでもっと泣いてもいいんですよ」と言ってくれた。「で、もっと泣いたの」

はじめて女の言葉がまともに鼓膜を通過して、男は耳のへりのあたりがちちっと赤くなるのを感じた。この俺が過呼吸の原因なのだ。俺はそんなにもおまえを苦しめていて、だから家の前に何度も来られても、文句はいえない？　まさかそんなことをおまえは言いたいわけではないだろう。

　男は横向きになり、花模様のワンピースの裾をまくってちらっとなかをのぞいた。ここでするの、というような顔で女は男を見た。もちろん拒絶の表情ではない。水と同じように欲望も低みへと流れるほかないのだから、私という低みを使って。そう言っているようにみえた。そんなふうにして、いつだって女は、男の欲望に別の流れをつくり出すかもしれないせっかくの障壁や砂の山を、いともたやすく突き崩してきたのだ。とりあえずの捌け口として、とりあえずの流れを男から誘い出し、そうしていつのまにか、ちまちまとした鋳型に男を流し込んでしまう。

　じっさい、車のなかでしたこともある。二年前の夏の真夜中、同じこのトトロの森の入口の、常夜灯に照らされたとある駐車場の片隅で。車内のあの窮屈感と、人に見られるのではないかというスリルが、男を余計に興奮させた。女もそうだったにちがいない。実は別れ話をしていたのだった。俺にも妻子がいるし、おまえだってもういい歳だろ。別の男をみつけて、結婚でもしたらどうだ。女は泣き出し、はずみでめくれあがったスカートの裾からは、薄暗がりにパンティーの布地が浮かび上がってきた。それでまた元の木阿弥となり、男はむさぼるようにスカートの奥に顔を突っ込んで、あとさきのことは考えられなくなった。コンドームの持ち合わせもないままに挿入し、そのまま射精してしまったので、たぶんあのとき受胎も行われてしまったのだろう。別れようとしていた女、それもこちらから一方的に捨てようとしていた女を妊娠させてしまうなんて、まったくどうかしている。

いったい俺の精子は、どんな顔で卵子と対面したのだろう。いやだよ、合体なんかしたくないよ。それでも卵子の質量に圧倒されて、いやいやながら取り込まれたのだろうか。

馬鹿な。精子は俺の意志とは関係ない。めぐるDNA螺旋の無言の意志にしたがって、喜び勇んで卵子に飛び込んでいったにちがいないのだ。

いや、きょうは車のなかではしない。男はしかし、例によって何も言わずにキーを外し、車から出た。地面から真夏のようなむっとする暑さがのぼってきたが、それでも伸びをして森の空気を吸った。ついでに、首の運動も。つられて、脳の片隅のふたつの闇の斑が揺れた。

そう、そうだった、さっき家の前で女と出くわしたとき、脳の片隅に、黒いインクのシミのように滲んで浮かび上がった闇の斑、そして県道をトトロの森のほうに右折したとき、同じようにもうひとつ浮かび上がって、ふたつに増えた闇の斑。林道に入ってからはあまり気にならないでいたのだが、消えたわけではなかったのだ。ぶるぶるっと首をふってみたが、やはり消えない。どころか、三つに増えてしまっているではないか。

闇の斑が三つにも増えてふわふわしているというのは、あまり気分のいいものではない。いっそ、思いきり低みに流れてみたらどうなるのか。空のゴジラの背中はとうに崩れていて、雲間からまた日が射してきていた。そのために空を縁取る木立の葉むらが透けて、とても美しい。水草のたゆたいを水中から仰ぎ見ているようで、ともすればそのたゆたいに、脳のなかの闇の斑までまじってしまいそうな感じになる。いやそのほうがいいか。

「来いよ」とも言わずに、男は歩き出した。雨にはならないかもしれない。稲妻の卵は孵らないだろう。女はほんの少しのあいだ車のなかにとどまって、それからすぐに車を降り、一〇メートルほどの距離を置いて、男の後についてくる様子だ。男が道路の向こう側に渡って振り返ると、女はちょうど路肩から道路に足を踏み入れようとするところで、左手にハンドバック、右手に葡萄をぶらぶらさせている。なぜだ。男の頭のなかでは闇の斑が揺れ、女の手の下では黒い葡萄の房が揺れている。なぜだ。

7

「もしも塩のように析出されるならば、愚行も救われるだろう」

（プフォ『後背箴言集』）

8

貞子さんをレイプした、あるいは彼女と少々荒っぽく愛し合った翌日の午前、主はすこし満たされた気分になって、自宅のスタジオで気まぐれにクラシックのレパートリーを吹いた。すでに述べたように、インストラクターとしてはクラシック曲も教えるので、ある程度お手本ができないとまずい。それでときどき練習はするのだが、この日はいつになくノリがいいようだ。頭痛もうそのように治まっている。

主は吹きまくった。といっても、いつもと同じ曲を、まったくのルーティンとして。まずドビュッシーの「シランクス」を三度も繰り返した。微妙な半音階風の動きがえもいわれぬ魅力を醸し出す曲だが、曲想のもとになった牧神パンの神話は、ちょうど主のいまと逆だ。パンはある日、野原で遊んでいた美しいニンフに一目惚れし、追いかける。そして水辺までニンフを追いつめたのだが、彼女はみずからの姿を葦に変えて難を逃れるのだ。パンはニンフが消えてしまったことを悲しみながら、なんとその葦を切って笛を作り、ひがな一日嘆き節を吹き鳴らして暮らしたという。主はこのエピソードを思い出しながら吹いたので、マウスピースに送り込まれるその息に、ときに、かすかな笑いのノイズが混じった。俺は思いを遂げたよ、パンさん、こうして同じように吹いてはいるけれど。

ついでフォーレの「シチリアーノ」、プーランクの「恋のうぐいす」とフルートの名曲をつづけて、最後はビゼー「アルルの女」のあの有名なメヌエットで締めた。これもすでに述べたが、この曲には特別な思い入れがある。色にたとえるなら、暖かいイエロー。むかし主が中学生だったとき、昼休みの校内放送でこの曲が流されていた。空腹を満たしたあとで聴かされると、すこしけだるくなり、眠くなり、そして何より、あわあわと官能を呼びさまされるようなところさえあるのだった。

そう、いままた主は、みずからその曲を吹きながら、昨日恐るべき速度で辿った貞子さんの乳房や腰の曲線を、あらためてゆったりと音で再現しているような気分だった。というか、起伏に富んだ音符の列を辿ってゆくと、ここが貞子さんの乳房のふくらみ、ここが貞子さんの脇腹のくびれ、というふうに、昨日のめくるめく愛撫の感触がなまなましく甦る。

ところが、午後になって主はまたも頭痛に襲われ、最近は市販の鎮痛剤を飲んでも効かなくなっているので、いよいよ観念して病院に行こうかどうか真剣に迷ったあげく、貞子さんに会えばまた治まるような気がして、昨日同様彼女の家のほうに向かった。俺はどうかしている。昨日のことは一度きりの激情の発作として、記憶のサンクチュアリのようなところに封じ込めておきたかったのに、これではただの情欲の垂れ流しではないか。だが、どうにもならなかった。体調の異変も含めて、すべてが何か途方もない崩壊の兆しのなかへと吸い込まれてゆくような気がした。

昨日とはうってかわって、いまにも雨が降り出しそうな曇天だった。高架下をくぐり、駅前広場に出て、丘の公園への坂をのぼる。歩道のへりも電柱も、ものが二重にみえて、眩暈を起こしそうだ。頭を二〇回くらい振ったら、どういう病巣のメカニズムになっているのか、元に戻った。

そして、情欲は思わぬふうに時空を歪めもするというように、坂の途中にあるスーパーの入り口のところで、主は彼女と出くわしてしまった。なんという偶然か。これはもうほとんど運命というべきだ。頭痛の隙間に、そんな笑ってしまうような想念を浮かべながら、主は遠慮もなく近づいていった。貞子さんはちょうど買い物に来たところで、ベビーカーはなかった。黒いレザーパンツの主の姿を認めて一瞬狼狽したが、つとめて冷静を装いながら店内に入り、カート置き場からカートを引っ張り出して売り場のほうに向かった。主がその脇についた。

貞子さんは野菜売り場でとりあえずトマトとレタスを手に摑み、カートに放り込んだ。つぎの乳製品売り場では牛乳とヨーグルトを、大豆加工品のコーナーでは納豆と絹ごし豆腐を、それぞれカートに収めた。その間ずっと主につきまとわれていたが、いつも買っているものばかりなので、どんなに心が動揺していてもほとんど無意識のうちに作業をすすめることができた。ところが精肉魚介コーナーまできて、さすがに混乱してしまった。夫が出張から帰って来る。

何か手料理を作ってあげなきゃと思っていたのだが、何を作る予定だったのか、それさえもわからなくなり、

「離れてください、人が見てます」とうとう貞子さんは言った。

「だから、俺は見られても平気なんだよ」

カートの取っ手を一緒に引くようなそぶりをみせて主は言った。貞子さんはそれを振り払ってカートを方向転換し、早足にふたたび野菜売り場のほうに向かった。すぐに追いついた主が、

「ほら、夫婦がちょっと口げんかしてるようにしか見えないよ」とまた脇について言う。ついでに、肩をちょっと抱き寄せるようにした。すぐに振り払われたが。きのうと違うのは、貞子さんに寄り添っても、一向に頭痛が収まらないということだった。

「知り合いだっているんです」

「兄ですっていえばいい」

黒いサングラスをかけ、黒いレザーパンツを穿いた兄。ロック野郎のなれの果ての兄だ。レジのところで主はいったん貞子さんから離れ、支払いと袋詰め

を終えた彼女がスーパーの入り口に戻ってきたところで合流した。

「今度外で会わないか」

主の堕落の始まりである。それはまるで、純度の高いアルコールにたとえた昨日の行為の無償性ないしは無目的性をみずから薄めるような言い方だった。そしてもちろん言外には、会ってくれなかったら亭主にばらしてもいいんだぜというような、ありきたりの脅迫の意味も含まれていた。

「俺にはあんたが必要なんだ」

一転うつむき加減に主はつぶやいた。主の堕落はとめどなかった。これではまるで、愛を分かちあいたいと言っているようなものではないか。昨日はたしか、ただ無言のうちに、無償のうちに、貞子さんと情交を結ぼうとしただけなのに。そこには、すべてのモラルを置き去りにしてしまう圧倒的な速度のみが履行されていた。

「そんな、ふざけないで」吐き捨てるように貞子さんは言った。「ふざけないでください」の「ください」がとれた、なんとなく親密な言い方である。

そう、不思議なことに、貞子さんのなかでもかすかな変化が起こっていた。

堕落したとはいえ、まだ強烈に主のなかに感じられるどす黒い絶望のようなものに、自分のなかにもわずかながら染まってゆく部分があるのを感じたのだ。なぜだろう。夫は優しいし、子供だってまだ乳飲み子で、とてもそんな理不尽な要求に応える余地はないというのに。そしてふたたび、昨日感じた悪い予感、主の子供をみごもってしまうのではないかという予感を反芻した。

9

それからどのくらい進んだことになるのだろう。ようやく森の様相が変わり始めて、私はうれしくなった。落葉樹に針葉樹が混じるようになったのだ。もちろんいままでの落葉広葉樹林だって十分にすばらしいが、ありふれているといえばありふれている。貞子さんの海を越えた内奥にひろがる絨毛の大森林は、もっと何かこの世のものならぬ景観を呈しているはずである。そこへ一歩近づいた感じがするのだ。

私たちはどんどん歩いて行った。森のグラデーション。ネパールのようなところでは、縦の移動、つまり標高の高さに応じて、亜熱帯のジャングルから温帯の落葉樹林を経て亜寒帯の針葉樹林まで、つぎつぎと展開するという。ここはそれを横にした感じだ。じっさい、森はいちだんと深くなったような感じがしたし、樹木の種類もいつのまにかがらりと変わって、スギとかヒノキとかに似た針葉樹が主となり、しかし植林されたような感じはまったくなく、また亜寒帯のタイガのような景観でもなく、むしろ屋久島の縄文杉の森とかに似た、太古の昔からの原生林に足を踏み入れたような趣があった。

というのも、その針葉樹の大きさが並みではなかったからだ。樹高といい幹の太さといい、さきほどのミズナラの大木が子供にみえるほどであり、比例して羊歯などの下草も大きくなったような気がした。

枯れ川のようになった窪地を越えたあたりから、すごいことになった。私たちの身の丈ほどもある羊歯の群生のあちこちから、メタセコイヤの巨木のようなとてつもない針葉樹が、天を突くほどの高さでそびえ立っている。私たちは驚嘆の声を上げた。同時に、カテドラルのなかに入ったときのような、厳粛な気分にもなった。あるいはこれが絨毛の大森林なのかもしれない。絨毛というと微細なイメージがあるが、それはあくまでも主や貞子さんの世界のメタファーであって、私たちの尺度からすれば、メタセコイヤ並みの巨木であったとしても不思議ではない。

私たち、私とプファとは、その天を突くような巨木を仰ぎ見ながらすすんだ。行く手にはところどころ、朽ちかけて苔のむした倒木が横たわっていて、それを越えていくのがまたひと仕事だった。跨ぐのでなくて、まずよじ登るのだが、針葉樹の樹皮は滑りやすい。なんとか倒木のうえに乗ったら、今度は足をくじくほどの高さを飛び降りるのだ。

ひときわ大きな針葉樹の前に来て私たちは言葉を失った。何か崇高なもの、人知を超えたものを眼にしたときのあの息を呑む感じだ。ところどころ屏風のように張り出した幹まわりは、数人の大人が手をひろげて輪をつくってもまだ足りなそうだった。見上げると首が痛くなりそうなので止めた。

そのときだった。その針葉樹の脇の丈高い羊歯のあいだから獣が飛び出した。いや、人だった。私たちと同じように上半身裸の人が、棒きれのようなものを振りまわして私たちのほうに襲いかかってくる。私は肝をつぶした。まさかこんなところに人がひそんでいるなんて、自宅の居間で犀と出くわしたようなものだ。さいわい、プファがとっさに地面から枯れ枝を摑んで応戦した。相手はプファと同じくらいの青年にみえたが、体力がなく、たちまちプファに棒きれを払われて、そのままへなへなと地面にへたりこんでしまった。

「おまえらか、レイプして貞子さんの中に入り込んできた奴らは」

洞窟で会った男たちと同じせりふが発せられた。してみると、貞子さんの夫を主とする一団の生き残りだろう。

「レイプしたのは俺たちではなく、俺たちの主だ」プファも洞窟のときと同じせりふを繰り返した。

「同じだろうが」怒りをむきだしにして青年は言った。

「いやちがう」プファも譲らない。

「まあいいから」とプファを制して間に入った私だが、またも迷ってしまった。主のレイプが蓋然的なものにすぎないことを、もしかしたら和姦の結果としてストームは引き起こされたのかもしれず、いずれにせよ真実は私たちの知るところではないということを、ここであきらかにすべきではないのか。しかし私はまたも口を噤んでしまった。ややあって、思いついたように青年の名前を聞いてみると、種九郎と名乗った。名前に「種」がつくので、やはりあの一団のひとりだ。

私たちは忘れかけていたが、貞子さんのなかで私たちを待ちかまえていたのは、洞窟の殺人的な水やマクロファージだけではなかった。二日前（あるいはもう三日前のことかもしれない）にストームを起こしたあの一団にも出くわしたのであり、その生き残りともこれからたたかわなければならないのかもしれないのだ。ひょっとしたら、彼らの精鋭はすでに絨毛の大森林で地母との遭遇を果たしてしまった、なんてことはないだろうか。その不安が一瞬私の脳裏を氷片のようにめぐったが、すぐに、そんなはずはないとその氷片を追いやることができた。地母からのいや増す波動がなによりの証拠だ。おそらく精鋭は、絨毛の大森林をすすみながらも、タイミングが合わなくて地母と遭遇できず、仕方なくどこかの羊歯の茂みにでもビバークしながら待機しているのではないか。

そう考えるのと同時に、自責の念にも私は駆られた。プファを支援するつもりがあるのなら、私こそ肝をつぶしたりしないで種九郎の襲撃に応戦すべきではなかったのか。そうしなかったのは、自分の体力に自信がなく臆病でもあるということのほかに、心のどこかにストームの不首尾を願う気持ちがしつこく存続しているからではないか。

「精子戦争って知ってるか」種九郎がげっそりした頬を動かして訊いた。

「いや」と私とプフィは頭を横に振った。実をいえば、すくなくとも私は知らないわけではなかったが、ここで知識をひけらかしても始まらない。

「俺たちのことだよ」と種九郎は、プファをみつめながら言った。「たまたま相前後してひとりの女性にストームを起こしてしまったふたりの主の精子たちによる、その女性の体内における生存競争。つまり俺たちの場合がまさにそれにあたるわけだけど」種九郎はそこでひと呼吸おいた。

プファは種九郎の眼をじっとみている。私はうつむき加減に「精子戦争」という言葉を反芻した。私たちのストームがあと一日早かったら、まだ体力十分な種九郎たちと壮絶なバトルを繰り広げたかもしれない。

「まったく、ありえない話だよ」と種九郎はつづけた。「夫婦仲はいいし、貞子さんはべつに不倫しているわけでもない。主は安定的にひとりのはずだ。それが理不尽にも、レイプでおまえらのような奴と精子戦争しなければならない羽目になるとはね」彼はまたそこでひと呼吸おいた。それから、地面に言葉を

吐き出すように、

「地母には会わせないからな。俺がなんとしても阻止する」と言った。

読心術か何かで、ストームの不首尾をどこかで願う私の気持ちを読み取ったのか、しかしその口振りからは、自分が最後の生き残りだという意味も汲み取れるように思われた。二日前の一団は意外にだらしなかったのかもしれない。

「その体力じゃ無理だよ」プファが言った。

たしかに二日というタイムラグは、私たちと彼らとのたたかいにおいて、私たちに決定的に有利にはたらいている。だが同時に、私と私の良心とのたたかいにおいて、このタイムラグがうらめしい気もした。もし地母の降臨が二日前に起きていたら、地母は融合の相手にすでに彼らを選んでくれていて、ということは、私たちにすでに出番はなく、むなしいままこの絨毛の大森林で静かに朽ちてゆくことになったであろうから。

「歩くことはできるか？」今度は私が言った。

「あたりまえだ」

「じゃあ、立ち上がれ。一緒に地母に会いに行こう」

「何言ってるんですか」プファがあわてて私を制した。「敵ですよ」

「もう敵も味方もないよ。三人で行って、地母に選択をゆだねる。それならわれわれのうしろめたさもいくらかは解消される。そうは思わないか」

もしかしたら地母は、地母だけは知っているのかもしれない、主と貞子さんとのあいだで、ほんとうはどのようにストームが引き起こされたのかということを。

「うしろめたさ？」種九郎が咳き込むように笑い出しながら言った。「おまえらにそんな感情があるわけ？　悪い主を持つと苦労するよなあ」

「いや、そうとも言い切れないよ」プファが言った。「あんたたちのようにただ突き進むだけの旅じゃなくて、哲学しながらの旅ができるんだからな」

そう言って視線を種九郎のほうから私のほうへとまわした。哲学？　一瞬私は虚をつかれたようになった。プファの口からまさかそんな言葉が出てこようとは、思いも寄らなかったからである。私への皮肉のつもりなのか。いや、どうやら私の顔をたてようというつもりらしかった。プファの眼を見てそう確信したが、勝手にしろというように、私はひとりでさきへ歩き始めた。

それを見て種九郎もふらふらと立ち上がった。

「ところで」と私は振り返って訊いた。「もう絨毛の大森林なのか」

「たぶんね」くぼんだ眼で巨木を仰ぎながら、種九郎は言った。

10

いや、車のなかではしない。もっと開放的な場所でやるのだ。俺とおまえとの関係は、もうそういう場所においてしか成り立たないのだ。そう思って男がまた歩き出すと、女も歩き出す。だるまさん転んだ、の遊戯みたいだ。いや、ストーカーだ、ストーカーを俺は抱こうとしている。あれは半年ほど前だったか、駅前の商店街で女に出くわしたときのことがまざまざと思い出された。

夕刻だった。男が駅を降りて商店街を歩き出すと、向こうから女が歩いてきたのだった。嘘だろうとそのときも思った。ふだん女の行き来するところではないし、偶然にしては出来過ぎだ。それにしても、くすんだ顔と瘦せぎすの体。ショートヘアの髪が少し乱れていて、もう何日も男の面影を追って街をふらついているようにさえみえた。あるいはむしろ、男自身のいやな過去の思い出が、女というかたちをとっていっぺんに息を吹き返した、といったほうがより正確だろうか。女の薄い肉の板きれとして立つ、みじめな男の一断面。そう、まるで分身の不意打ちを喰らったような気がしたのだ。

男の姿を認めると、一瞬だけ女は、あるいは男の分身は、驚き、ためらい、それからすぐに、予感通りとでもいいたいのか、笑みを隠しきれないまま、やや大股で、足のさきをすっすっと伸ばすようにして、男の方にやって来るのだった。男は知らんぷりを決め込んですれ違い、通り過ぎた。すると女は、踵を返し、少し距離を置いて、遠慮がちに、しかし確実に後についてくる。振り返ったわけではないが、そんなことはわかりきっていた。

男はとっさに駅前の雑居ビルに入った。一階と二階はブックセンターになっている。二階へのエスカレーターを昇りかけて初めて後ろを振り返ると、女は、男をつけてきたわけではないというカモフラージュのつもりなのか、店の入り口の雑誌コーナーで立ち止まって、なにやらファッション雑誌のたぐいを一冊あわてて手に取ろうとしたところだった。読む気もないくせに、くさい芝居だと思いながら、男は二階に駆け上がった。

もっとも、男だってべつに買いたい本やＣＤがあったわけではない。とにかく女をまいて、いつもと同じ夕暮れを、自宅へのそれなりに解放された帰路を、取り戻さなくてはならない。ＣＤやＤＶＤのコーナーをまっしぐらに抜けると、奥にアダルトもののレンタルコーナーがそこだけ独立したブースのようにあり、そのなかに難を逃れた。女はまだ一階にいるはずだが、仮にあわててエスカレーターを駆け上り男の姿を視野に捉えたとしても、女がこのブースに足を踏み入れるのはかなりの勇気を必要とする。そう思うとややホッとして、すると四方八方のビデオやＤＶＤのジャケットから、それはそれなりに悩ましい裸の女の肢体が、まるで誘惑の一斉射撃のように男の眼に飛び込んでくるのだった。おいおい、いっぺんには無理だよ、ひとりずつにしてくれ。男はすこし快活さを取り戻し、肢体また肢体を眼で舐めるように辿りながら、「人間核分裂」「悪魔のように犯されて」——そんな楽しいタイトルを、いわば欲望の修辞学的見地から分析してみようという余裕さえ、芽生えていた。そのときだ、女が、ブースの入り口から、女人禁制をものともせずにあらわれたのは。

そこからさきはもう思い出したくもない。いまも状況は似たようなものだ。

だるまさん転んだ状態から抜け出すためには、とにかく女を抱き寄せて距離を無化するほかないのである。

11

道路と水源林との境に身の丈ほどの金網がめぐらしてあり、男は一瞬なかに入ることをあきらめかけるが、少し歩くと管理用の扉があり、押すと開いてしまった。そこで女を待った。金網に「ゴミ捨て禁止」のステッカーが張ってあった。読むと、「ゴミ捨て禁止——警告。違反者は廃棄物の処理及び清掃に関する法律により処罰されます」。男は苦笑した。さっきのゴミロードのことを考えると、冗談のようにしか読めない。それとも、ゴミロード付近は水源林ではなく、私有林なのだろうか。

女は、そっと足のさきを伸ばすような歩き方で男に追いついた。迎えた男は、何を考えているのか、女の肩に手をまわして、ふたり寄り添うかたちで森に入った。さっきまでとはうって変わった優しさだ。まるで内側から光をあてられたように、女の表情がさあっと明るくなった。いや、たまたま、ただの木漏れ日が女の顔に射しただけかもしれない。

木立の重なりが道路をみえなくしたあたり、ということはつまり、道路からもこちらの姿はみえないだろうから、男はそこで女を抱き寄せ、キスをした。息の臭いが少しして、顔を離すと、切なそうに男を見上げた女の半開きの唇から奇妙な音が洩れた。それは「しよう」とも「死のう」とも聞こえた。死のう？　意味はともかく、語法が古すぎないか。死にましょう、死なない、死んでくれない、死のうよ。

トトロの森はコナラやクヌギといった落葉樹が主で、その葉むらが光を透かすから明るい。それでも、低層には常緑の灌木があって枝を広げ、さらに足下には、粗暴なまでに鬱蒼とササが生い茂っている。肌の切れそうなその上をベッドにする勇気はさすがに湧かず、男はさらに森の奥のほうをめざした。交接の場所を探してさまよう。なんだか森の動物、熊か猿にでもなったような気分だった。

途中から下りの傾斜地となった。まだみえてこないが、谷底には人造湖がひろがっているのだろう。不気味に静まり返った薄青い水面を男は思い出す。子供のころ、大人たちから、湖には近づかないように言われていた。うっかり足をすべらせたら大変なことになる。人造湖には浅瀬がなく、いきなり水深が深くなるのだ。

数メートルほど下方の、比較的大きなコナラの木の根方が平坦なひろがりになっているので、足下に注意しながら、男は女を連れてそこまで降りてゆく。ササの群落をタイミングよくはずれて、朽ち葉の絨毯のところどころに下草が生えているだけだ。これならちょっと泥や草の汁がつくくらいで済むかもしれないと思い、さらに地面に眼を凝らすと、甘かった。蟻であろうか、朽ち葉の上といわず下といわず、かなりの数の虫がうざうざ動いている。男は思った。この微細なるキャラバンに自分たちのむき出しの肌を明け渡すというわけにもいくまい。飛んでいる羽虫のような虫もいて、あるいはヤブ蚊か、これも結構うるさそうだ。

どうしようか。車まで戻ろうか。しかしこのさきまた林道をUターンしてうろうろしながら、しかるべきラブホテルを選んで、車をガレージに入れて、部

屋の鍵を受け取って、といった手続きが、そのときひどく面倒に感じられた。それでも男は、

「ちょっとここにいてくれる?」と、女をその場に残していったん車にとって返した。何か地面に敷くものを、トランクまで開けて探した。だが、肝心なときにかぎって必要なものは用意されていないのが人生だ。かわりに、誰が使ったものなのか、虫除けスプレーがころがっていたので、男はとっさにそれをつかみ、女のいるところに戻っていった。

ふたたび森への扉を押し、傾斜地を下り、息を切らして女に追いつく。まさか女がどこかに隠れてしまうわけでもないのに、なんだか追う追われるの立場が逆になったようだった。しかしもうどうでもいい。男は立ったまま抱擁とキスを繰り返したあと、女を促してコナラの幹につかまらせた。木は根元から一メートル足らずのところで二股に分かれていて、ちょうど人体を逆さにして首から下を地中に埋め、そのうえで足を開かせたようだった。それも女の人体だ。二股部分を見ると瘤が微妙に盛り上がってヴィーナスの丘のようだし、奥にはなにやら悩ましい形の割れ目まで備わっているのだ。その天然のリアリズムに

感心しながら、男は女の後ろにまわった。

後背から男を受け入れるのは、女もきらいではなかったはずだ。ワンピースの裾をずりあげ、地味なベージュ色のパンティーを下ろす。サンダルを履いたまま片足ずつ上げて、女も協力する。脱がしたパンティーは、洗濯物でも干すように、ちょうど右手の高さに伸びてきている別の木の枝にひっかけたが、そのとき男は、女がまだハンドバッグと葡萄を持ったままでいることに気づいた。いくらなんでもこれでは行為に集中できないだろう。男はハンドバッグを取り上げて同じ枝に掛け、だが葡萄はどうする、というか、この期に及んでなんで葡萄なんだよ、と苦笑して、とうとうはじめてその疑問を口に出した。

「何なんだよ、その葡萄？」

「あ、これ？　さっき駅前のスーパーで買ったの」

「じゃなくて、なんで持ってきたんだよ」

「ふふ、食べる？」

12

その後の主と貞子さんがどうなったか、もう私たちの知るところではないが、主が亭主にばらすという脅迫を使って何度か関係をもったということはありうる。主の家、あるいはどこかのラブホテルにおいて。昼下がりの情事。赤ん坊のことは夫か姑に、あるいは実家かベビーシッターにでも頼んだのだ。

実をいえば貞子さんは、優しい夫に、そしてその夫との平穏な日々に、わずかながら倦怠をおぼえていた。もちろんふだんは育児に追われているからそれどころではないのだが、どうかするとその夫の優しさや日々の平穏さがある種負担に思われ、ふと感覚を澄ましているとそれに気づくというような、かすかな淀んだ空気として感じられることがあるのだった。だが、その程度の不満ならどこの主婦だって感じているだろう。そしてまたその程度の不満としてどこまでも成長することのない内奥の虫のようにして飼っていけるのである。ところが貞子さんの場合には、不幸なことに、主によるレイプという、およそふつうの主婦には起こりえないようなことが起きてしまった。

きっかけというものはおそろしい。成長しないはずだった虫が成長しはじめる。主の脳のなかのガン化した細胞のようなものだ。「今度外で会わないか」という主の言葉を貞子さんはそれこそその虫のたてる音として聞く。ありえないことだ、自分をレイプした相手と会うなんて。しかし、そのありえなさのどこかに身を置いてみたい気もする。自分はただ情事をするのではない。あの暗い情熱が煮凝っているような男にもう一度会って、なぜこんなことをするのか、こんなことをして何が面白いのか、どうしても聞き出す必要があるのだ。

そうすれば、レイプされたという事実がいくらかでも因果の絡みのなかへと置かれるだろうから、その分だけあの日の突出は解消され、自分もそこから自由になる。当事者なのに当事者であることを免れる、みたいな。

だが、堕落しきった主からはかんばしい答えは得られないかもしれない。好きなんだ。俺にはあんたが必要なんだ。スーパーで口説かれたあの言葉の繰り返しが関の山だろう。ほらあんただって、と、ありがちな性の快楽の底なし沼を指摘されることになるかもしれない。

こうして、情事の回数だけが増えてゆき、夫にも知られそうになり、家庭の崩壊と主への憎しみと、ましてもし妊娠などということになればそれに心神耗弱という要素も加わるだろうから、件の虫はどこかの段階で殺意へと変わる。もちろんそれだけで殺人が実行されるわけではないだろうけれど、さまざまな偶然や不幸がそのうえにさらに重なった結果、主は余命の尽きるまえに貞子さんに殺されてしまうということもありえただろう。

たとえば、あってはならないことだが、情事で家を留守しているあいだに、ほうっておいた赤ん坊に窒息死か何かの事故が起こり、当然ながら母親としての責任をきびしく問われることになる。主への憎悪は極限にまで達するだろう。

なんだか俗悪なテレビドラマみたいだが、あるいはまた、貞子さんが、いま述べたような転落の道を辿るにはすこし感性がのどかすぎるというか、とろいというか、そういうこともありうる。「今度外で会わないか」はただのおぞましい言葉にしか聞こえない。貞子さんは耳を塞ぎ、家路を急ぐ。主の堕落は卑劣きわまりない強姦者というレベルにとどまり、おそらく貞子さんが訴えるということもないだろうから、まして、恐れていた妊娠がただの杞憂に終わることにでもなれば、レイプという事実は貞子さんにとっても一回きりの悪夢として封印されてゆく。一方主は、やがて入院するがすでに手遅れの状態であり、及ばずながらのターミナルケアを受けたあと、年老いた両親に看取られて四〇歳の短い生涯を閉じる。そういうことになるのかもしれない。しかしいずれにしても、繰り返すが、もう私たちの知るところではないけれど。

ただでさえメタセコイヤのような絨毛は、奥にすすむにつれさらに巨大になり、しかもこれまでのように真っ直ぐではなくなって、さまざまな屈曲をみせるようになった。右へたわんだやつ、左へたわんだやつ、左右に波打つように伸びたやつ、螺旋のようにおのれを高く巻き上げたやつ。それらがつぎつぎと展開するので、まるで森全体がそよいでいるようにみえる。あるいはじっさいにそよいでいるのかもしれない。

ストーム直前の私のイメージトレーニングでは、絨毛はずっと小さかったはずだ。ふつうの丸太ほどの絨毛から伸びた葉さきが左右から覆い被さり、重なり合って行く手を阻んだかと思うと、はじき合うようにさっと離れて、その向こうのあらたな絨毛の列へわずかな展望がひらく。そんな感じだった。

13

ところがいま、絨毛のそよぎや交錯は遥か上方で起きており、しかも途方もないスケールで繰り広げられている。まさに自然の驚異だった。私たちはそれぞれの立場を忘れて、眼を奪われつづけた。見上げると天頂の近くで、何本もの絨毛の先端が、たわみながら交叉し重なり合い、まるでひとりでに描かれてゆく巨大な抽象絵画の生成にでも立ち会っているかのようだった。あるいは壮大なシンフォニーだ。すべての楽器が渡り合うその最後のクライマックスを視覚的に表現したら、こんな感じの量感あふれる線の交錯になるのではないか。ヴァイオリンやチェロの線、オーボエやフルートの線、トランペットやトロンボーンの線。絨毛の大森林は、そのようにして遠くからそっと私たちを封じ込めてゆくかのようにも、あるいは保護してゆくかのようにも思える。そうしてさらに、ちょうどイソギンチャクがその触手を動かして獲物を取り込むように、地母との出会いの場へと私たちを送り込んでいるのかもしれなかった。気温もさらに高くなったようで、こころなしか息詰まるような空気が感じられた。

　同時に、地母からの波動も一段と強くなり、耳をすませばほんとうにその呼びかけの声が聞こえてきそうな、そんな地母の接近がひしひしと感じられて、緊張と興奮と、ふたつながらの気分の盛り上がりをもうどのようにも抑えようがなかった。

「近いね」プファが言った。

「近いね」私も言った。

「おまえら、ついてるよなあ」種九郎が肩で息をしながら、言葉を投げてきた。「レイプで貞子さんのなかに入れる確率と、ここまで生きて来られる確率と、ここで地母に会える確率とを掛けたら、気が遠くなるような数字になるはずだぜ」

「地母はきみを選択するかもしれないよ」

気休めのつもりはなかった。何であれ冒険やレースに番狂わせやどんでん返しはつきものだ。私の心のどこかにはうっすらとそれを願っている部分もある。

「いや、もう俺はだめだ」

たしかにもう種九郎は足取りがおぼつかなく、いきおい私たちから遅れ出した。そのたびに私たちは立ち止まり、彼が追いつくのを待ったが、その何度目かのときに、

「地母によろしくな。せいぜい地母にはじき飛ばされて、そこでくたばることを祈るよ」

そう言って種九郎は、さっきと同じように、羊歯の上にへたりこんでしまった。私たちの体力もこれから砂時計の砂のように落ちてゆくはずだから、とても彼を背負ってゆく余裕はなく、自力で歩けなければ、その時点で置き去りとなる。いったんへたりこんだら最後、そこで朽ちてゆくしかないのだ。

結局はまたプファと私とのふたりきりになった。浜辺でプファが『銀河鉄道の夜』を話題にしたことが思い出された。ふたりきりになり、どこまでも一緒に行こうとするジョバンニとカムパネルラ。しかし私たちの場合は、決着というべきだろう。決着はふたりでつけるほかないのだ。これまでつづけてきた過酷なサバイバルレースの、それが仕上げだ。

14

息詰まるような絨毛の巨木のあいだを、私たちはまた歩き出した。置き去りにされた種九郎の姿が徐々に遠ざかり、やがて巨木の幹や身の丈ほどもある羊歯のかげにみえなくなった。

それからすぐだった、やはり羊歯の葉に包まれるようにして、うつ伏せに倒れた二体の人の足裏をみたのは。種九郎よりもさらに奥に入り込んだ彼の同類がいたのだ。おそらくここでビバークして地母との邂逅に備えたのだろうが、ついに願いが叶うこともなく、力尽きてしまったのだろう。

二体であることが、私たちには余計にこたえた。自分たちもこのように果てる？　足裏だけみえるので、なにか跪いて祈りを捧げている姿勢のままうつ伏せに倒れた人の、その足裏のようにもみえる。異様に白い。なぜかそこから眼

をそらすことができないまま、しばらく立ち尽くしていると、

「地母は俺たちを受け入れてくれるだろうか」とプファがつぶやいた。二体の骸の目撃に加え、さっきの種九郎の言葉もひびいたのか、妙に弱気になってしまったようだ。

「大丈夫だよ」

「何で？」

「何でって、プファ、やはりきみがいちばんふさわしい」と私は、自明のように言った。プファは「俺たち」といったはずだが、私はそれを「俺」の意味に取ってしまったらしい。

「じゃあ、プフィ、何であんたはここにいるわけ？」

私は答えられなかった。きみをサポートするため、と言いかけたが、さきほどの、種九郎に襲われたときのていたらくを考えるとなんだか恥ずかしい。それに、もうたぶん敵はいないし、私の知識ももはや必要ではないだろう。だいいち、これまでにだってそんなに役に立って来なかった。絨毛の大森林もろくに認知できなかったぐらいなのだ。まして、地母についての知識はほとんど何

もない。

ある者は地母を夢にみたといいます、
燃えさかるオレンジ色の、
それもまた大きなひとつの星であったといいます、

いまは亡きプフォの詩「大待機」の一節だが、私の場合も、せいぜいその程度のイメージのレベルにとどまる。そして、口伝えにまた本能的に、地母と出会うことが私たちの存在の究極の意味であり目標であることを刷り込まれているだけだ。もし地母と出会うことができるならば、そこで私たちはいまよりももっと私たち自身となり、そしてもしもさらに地母と融合できるならば、私たちは私たち自身であることを超え出て、何か途方もない未知の存在に変わりゆく契機ともなりうることを、私たちはそれを不死のプログラムと呼んでいるのだが、ぼんやりと抽象的に思い描くことができるだけだ。その点ではプファと全く変わるところがない。

では、良心にしたがってプファを阻止するため？　いやそれももう現実的な答えではない。種九郎はいなくなってしまったし、良心とかうしろめたさとか、そういう思い自体がこの絨毛の巨木の交叉しあうとてつもない空間ではあまりもう意味をなさなくなっていた。おそろしいことだが、地母への近接、およびそれに伴う地母からの強烈な波動は、まるで私自身の心の組成をも変えてしまったかのようだった。

何で私はここにいるのだ？　答えはひとつしかない。私もまた地母と出会い融合したいからだ。プファよりは望みが薄いにしても、何かの拍子に地母がプファではなく私の方を選ぶということもあるのではないか、愚かしくもそんな偶発をひそかに期待しているからだ。

もちろんふたりとも融合できるなら、それに越したことはない。しかしこれも言い伝えとして、地母は私たちのうちのたったひとりとしか融合しないことも知らされていた。どちらかが融合すればどちらかが朽ちてゆく。それが私たちをめぐる最後の非情な運命なのだ。

私たちはおし黙った。もう何も私たちを妨げるものはなく、危険もなく、ただ互いが互いに最大の敵であり障害物であることを、はじめてのように気づかされていた。

スペルマムプフィはスペルマムプフォを押し上げ、
灰であり、灰のみえない運び手、
スペルマムプフォはスペルマムプフィを押し上げ、
灰であり、灰のみえない運び手、

ふいにプフォの詩句がまた想起されてきたが、あれほど謎めいてひびいていた言葉が、いまやなんとなく牧歌的にさえ聞こえる。灰であることの共同からも、私たちは遠ざかりつつあるのか。
そのときだった。前方の赤黒く交錯した絨毛の林立のあいだから、時ならぬ西日のような光がさしてきて、私たちの眼を射った。思わず手をかざして光のほうをみると、そこに、ガスタンクほどの大きさのまばゆいオレンジ色の球体があらわれた。

15

「自分を裏返して踊れ」

（プフォ『後背箴言集』）

16

男は葡萄も取り上げ、ひと粒ちぎって乱暴に女の口に含ませようとした。初夏と葡萄と雑木林と情欲と、なんというでたらめさだ。葡萄が結びつくのは食欲だけだろうが。女はしかし、上下の歯のあいだにその黒光りする球体を挟んだまま、呑み込もうとしない。顎がやや突き出されたようになって、口の奥では舌がそよぐ。

「食えよ」

男は言う。意地でも葡萄を食欲につなげてしまおうとするかのように。女は首を横に振って逆らいつづけた。そのとき、男の脳裏に、闇の斑を縫うようにして、ある馬鹿げたアイデアが浮かんだ。

男はもうひと粒ちぎってから房本体を卑猥な木の股に置き、女のワンピースを思い切りアンダーバストのあたりまでまくりあげた。そしてむきだしの尻を突き出させた。「もっと」と強い口調で命令して、頭の位置よりも高くなるまで。ちょうどそこに木漏れ日があたって、光と影の柔らかな豹紋を落とした。なかなかきれいだが、影の部分は女の肌から生じた錆のようにもみえる。女はまだ三〇ちょっとのはずだが、斑紋の部分だけ、若くもなく老けてもいない年齢不詳の不気味な肌がひろがっているような気がした。

男は片膝をつき、首を伸ばして女の尻の奥をのぞき込みながら、アイデアを実行した。そう、指につまんでいた大きな葡萄のひと粒を、陰唇のはざまに押し込んだのだ。「あっ」と女は声を発して、はずみで、歯に挟まれていた葡萄が地面に落ちるのが、女の両腿のあいだからみえた。蟻よ、あたらしい糧だ。

それからあらためて女の尻の奥をのぞき込むと、陰唇を褥に黒くつやつやと輝く大粒の葡萄と、それとは対照的な、真珠母色の小さなとろんとした輝きを包皮からのぞかせているクリトリスとが、一列に垂直に並び、女の股間の不揃いな連星のようだった。しかし陰唇は早くも濡れそぼっているので、いつ黒い太陽をずり落としてしまうともかぎらない。男はそそくさとジーンズとブリーフを膝まで下ろした。バネ仕掛けのように飛び出した陰茎は、すでに十分すぎるほど勃起している。それを女の尻の谷間にすべり込ませ、同時に女の腰をかかえて手元に引き寄せた。陰茎の先端で葡萄のありかをさぐりあてると、ひと息に腰を入れた。

「はうっ」と女は二股の付け根あたりにしがみついたまま、挿入された悦びに首をのけぞらせた。葡萄がまず女の膣のなかに入り、それからそれをさらに奥へと押しやるかたちで、男の陰茎がつづいたのだろう。挿入を確かめながら、なぜかラグビーのモールがイメージされた。組み合った選手たちの、もぞもぞと動く足の下をボールが移動して、モールの外に出る。葡萄の動きとは全く逆だけれど、男の脳のなかでそのふたつの球体が像を結び、入り交じり、たわむれた。それから急に、それらの輪郭が滲んだようになって、そう、闇の斑と変わらなくなった。

17

地母だった。地母が降りてきているのだった。羊歯の群生をかき分け、私たちは走り出した。巨木の林立のあいだにちょうど林間の空き地のようなスペースができていて、そこにまばゆいオレンジ色の巨大な球体が静かに息づいていた。ただ、地面にどっしりとある感じではなく、地上すれすれに浮いているようにもみえる。

駆け寄りながら、早くも神々しさに捉えられた。空き地に出たところで私たちは跪き、涙を流した。かくも久しく願われた出会い、私たちのただひとつの存在理由であり、唯一の生きる目的でもあるところの出会いを、ついに果たすことができたのだ。不安におののきながら退路を断ち、天文学的に低い確率にしばしば絶望をおぼえながら、幾多の困難と死の恐怖を越えて、また私たち自身の内部の葛藤と苦悩をも越えて。

まさしく走馬灯のように、高速のスライドショーのように、一切の苦難が脳裏に明滅した。筆舌に尽くしがたいストームの最初の瞬間、貞子さんの洞窟に湛えられた恐るべき酸性の水、グランドキャニオンのような渓谷でのマクロファージの襲来、意識もないままにそこをくぐったにちがいない臙脂色のねっとりとした貞子さんの海、そして絨毛の大森林での種九郎との格闘。

だがそれ以上に、地母の存在そのものがそれら一切を意味のないものとし、その忘却を促しているようにさえ思えた。私たちの人生の核心はここにしかなく、しかもその核心で私たちの人生は意味のないものとなり、未知なるものに向かって蒸発してゆくのだ。

私は思った。崇高とはこういうことか。さっき、ひときわ大きな針葉樹の前に立ったとき、私たちは言葉を失い、何か崇高なもの、人知を越えたものを眼にしたときのあの息を呑む感じをおぼえたが、くらべものにならない。この巨大なオレンジ色の球体こそ、真に崇高と形容すべきだ。

本を読んできた私なので、崇高についても議論のあることは知っていた。そして崇高よりはエロスが大事と思ってきた。ある理念なり対象なりを崇めて自己へと関係づける思想は危険であり、ファシズムの機制を生み出さないともかぎらない。それなら対象との水平的なエロス的合一のほうがましだ。そう考えてきた。ところがどうだろう、たしかにストームは主のエロス的衝動から始まったのだったが、最後は私たち小さき者の崇高な感情の盛り上がりで終わろうとしているのだ。所詮、エロスの分け前というのは主のものでしかなく、私たち小さき者はこの崇高に拠りどころを求めるほかないのかもしれない。

にもかかわらず、残余の記憶の力で、私は不意にまたプフォの詩を思い出した。「大待機」とはべつの、もっとパセティックな調子の詩で、実のところ私はこのほうが好きなのだったが、なぜこんな生のクライマックスのときに思い出されるのか、しかし詩句は詩句を呼んで、とまらない言葉の芋づるだった。

なぜか葡萄でした、
そのつやつやと輝く果皮に、
顔が映って、

プフィの顔、
プフォの顔、
つぎつぎ、直立した手弱女の乳房のうえ、
乳房のわき、ころがり、
落ちてゆきました、

ヘンデルのメサイアの、
清らかな声、流れていました、
顔たちも涙を浮かべ、
その涙にまたべつの顔が映って、

やがて、妣の国への、
サヨナラサヨナラサヨナラ、
という名の洞、
のなか、つぎつぎ、

送り込まれて、
プフィの顔、
プフォの顔、
泣きながら、歪みながら、
押し込むのも顔、
押し込まれるのも顔、
最後には涙、果肉とぐちゃぐちゃにまざって、
なぜか葡萄でした、

「妣の国」とは、まさしくここ、この貞子さんの胎内のことだろう。そしてプフィの顔、プフォの顔か。私の名前をまた出してくれて、ありがとうプフォ。ただ、詩人の予言はわずかにはずれて、いま泣いているのはプファの顔、プフィの顔だ。それが「なぜか葡萄でした」という。難解だが、葡萄にはなんとなく聖なるオブジェの印象が感じられて、とてもいいと思う。

ひとたび泣きやむと、私たちは立ち上がり、さらに地母に近づいた。地母の

周囲を後光かハレーションのように覆っている淡いオレンジ色の光のなかに入ると、地母の姿が一段とはっきりしてきた。つまりよく見ると、地母を保護するように、茨でできたようなバリアーがあり、融合を試みる前に、まずそれを取り払わなければならなかった。私たちは共同で黙々と作業にあたった。ふたりで協力し合う、これがたぶん最後の仕事となるだろう。同時に、それはいわば、地母が身にまとっている薄衣をはぎ取ってゆくようなもので、エロティックな作業といえなくもなかった。手にとげが刺さるのもいとわず、むしろその痛みを楽しむように、私たちは茨と格闘した。すると地母のほうでも私たちに手を貸すかのように、みずから茨を身から剝がしはじめた。この協力がなければ、なにしろガスタンクほどの大きさなのだ、とても私たちの手に負えるものではなかっただろう。やがて、裸の地母が姿をあらわした。

18

不意に暗い気分になった。性交の最中だというのに、脳内には闇の斑が浮かんで消えない。ありえないことだ。男はすこし混乱した気分になり、ついで、ことは粘膜と粘膜の摩擦にすぎないのだと思おうとした。可も不可もないその快感を味わえ。

あるいは、これは子宮内復帰への欲望を果たしているのだと。かつて包皮に覆われていた亀頭は、静寂と平和に満ちた子宮内状態の模倣だった。それが、いつからか赤剝けとなって外にさらされている。それを自分はいま、べつの包みのなかに突っ込んで、あの失われた静寂を取り戻そうとしているのだ。この女あの女というレベルではない。いくらかの量の女の分子だ。

しかし駄目だった。男の脳のなかには、いまや五つかあるいはそれ以上の闇の斑が浮かんでいて、女のほうに腰を打ちつけるたびに、不快に揺れ動くのだった。ちょうど女のむきだしの尻の上でゆらめく木漏れ日の豹紋のように。あるいは、まばゆいシャンデリアを見て眼を瞑ったあとのぽつぽつした光の残像のように。だが、残像なら次第に薄れてゆくのに、その闇の斑はいつまでも濃いままなのだ。

おまけに、虫が足下のほうから這い上がってきて、男はまだ膝下でジーンズが遮蔽してくれるからいいが、女は腹から下をすっかりむきだしにしていたから、どんなにかむず痒かったことだろう。見えてはいないが、虫はすでに女の内股のあたりに達して、そうなるとそこから密着している男の太腿に移らないともかぎらない。ヤブ蚊もいるらしくて、これには男も刺された。

そのとき、そうだ虫除けスプレーだと思いつき、膝まで落ちたジーンズのポケットからそれを取り出した。結合したまま、女の背中から尻にかけて、その木漏れ日の揺れる斑の上に、ていねいに噴霧してゆく。水蒸気に光線があたると虹が立つ理屈ではないのか。噴霧の場所は女の肌からひとつづきに繋がっている男の下腹や太腿にも及び、さらには裏にまわって、女の腹や太腿や膝がしらのあたりにまでも及んだ。

虹は出なかった。どころか、脳のなかの闇の斑のことが、もういても立ってもいられないほど気になり、なんとかしなければと思った。女とこんな行為をつづけていると、そのうちに男の脳は、闇の斑に埋め尽くされてしまうのではないか。ということは真っ暗になるということだ。脳が真っ暗になって、通常の感覚や思考や判断が全くできなくなってしまうのではないか。言葉も話せなくなり、勃起も起こらなくなるのではないか。男は恐慌に襲われた。というか、快楽と恐怖とが、男の脳のなかでストライプ状のソフトクリームのように混ざりながら溶け出し、流動するかと思われた。まさに女の言ったように、まぜまぜだ。

なんとかしなければ。なんとかしなければ。汗だくになって腰を振り立てながら、男はなおも首も振って、闇の斑を散らし消そうとした。そのときもし男と女を覗き見している人がいたら、その人の眼に、後背から女を攻めるなんとも奇妙な男のしぐさが映っていたことだろう。まるで、禁欲中の修行僧が、しつこい理性の声に邪魔されつつなおも懸命に性の欲望を遂げようとしているような、あるいはたんに、耳に水が入ってしまった男が、それをなんとか振り落とそうとしながら行為に励んでいるというような、だが、どんなに首を振っても、闇の斑は男の脳のなかを揺れつづけるだけなのだ。

19

裸の地母。それは太陽に似ていた。詩人の直観によってか、プファは地母を「大きなひとつの星」にたとえたわけだが、まちがってはいなかったことになる。ごく近くから見た太陽の想像図というのを、むかし図鑑か何かで眼にしたことがあるけれど、それをまのあたりにしている感じなのだ。表面からはまさしく太陽の紅炎のような繊毛が無数に出ていて、かすかにそよいでいる。そして、球体全体がゆるやかに回転しているようにみえる。内部は窺い知れないが、私たちはたぶん表面のその繊毛にからめとられ、そこで迎え入れられるかはじき出されるかが決まるのだろう。

と思うか思わないかのうちに、プファがダンサーのように旋回しながら勢いをつけ、その繊毛に身を寄せていった。私にことわりもなしに。もはや私のことは眼に入らないのだろう。それでいい、それでいいのだと私は自分に言い聞かせながら、息を吞んでプファのゆくえを見守った。一緒についていくこともできたのだろうが、なぜか融合はやはりひとりずつ試みるのが筋であろうと思われたのである。

ひとかたまりの繊毛がプファをすくい上げ、人が手から手へと物を渡すときのように、上のほうの繊毛へと押し上げた。繊毛それ自体に意志でもあるのか、優しく、しなやかに。同じことが何度か繰り返されて、プファは球体の頂点にまで運び上げられた。一瞬、恍惚とした彼の顔がオレンジ色の光に映えたようにもみえ、それから、体ごとさらに球体の裏側のほうへと送り込まれて、みえなくなった。

受け入れられたのだろう。私はプファをたたえ、同時に激しく嫉妬した。ここまで来ていながら、ここで朽ちるほかない自分の運命とのあまりもの落差に、体全体ががたがたと震え、怒りにも似た感情がその震えをつたって意識にのぼってくるのがわかった。いや、そのようにして、私のなかの私を超えた何者かが剝きあらわれたといったほうがいいのかもしれない。もはや遠慮はいらないのだ。地団駄を踏んでくやしがれ。

ところが、やがて地母の裏側からふたたびプファがあらわれたのである。繊毛に乗って、それから繊毛にはじかれて。何か起こったのか理解できないというような顔をプファはしている。ということは融合できなかったのか。地母の表皮は硬く閉じたまま彼をはねつけてしまったのか。

巨大なオレンジ色の球体を背に、プファは茫然とたたずんだ。あるいは悄然と。それはまるで、ひとしきり肩車の高所を楽しんだ子供が、親の手によってふたたびつまらない地上に戻されたというふうだった。笑いの衝撃波が顔の皮膚の下を走るのをけんめいに抑えながら、私は言葉を発した。

「どうしたんだ」

「どうもこうもないっすよ」

「もう一度トライしてみろよ」

「もちろん」

プファは呼吸を整えた。それからふたたび、ダンサーのように旋回しながら勢いをつけ、地母の繊毛に身を寄せていった。プロセスは同じだった。ひとかたまりの繊毛がプファをすくい上げ、球体の頂点にまで運び上げる。そのとき一瞬、恍惚としたプファの顔がオレンジ色の光に映え、それからすぐさま、体ごとさらに球体の裏側のほうへと送り込まれて、みえなくなった。

そして、さっきと同じように、やがて地母の裏側からふたたびプファがあらわれたのである。繊毛から振り落とされた彼は、首をかしげながら二、三歩歩き、それから突然、着衣が地母に嫌われたとでも思ったのだろうか、薄汚れた白のチノパンツを脱ぎ、全裸になった。あらためて私は息を呑んだ。ギリシャ彫刻のように鍛え抜かれたその全身は、それだけで十分に美しく、地母だって感嘆の念を隠すのはむずかしいだろう。こうしてプファは、その自慢の筋肉をひるがえしながら、とりわけ長めの陰茎をぶるんぶるんさせながら、三度目のトライに入った。二度失敗してもうあとはない走り高跳びの選手が、最後の助走を始めたときのように。

だが何度繰り返しても、はじき返されてくるだけなのだ。これにはさすがのプファも意気沮喪したようで、へなへなとその場にくずおれてしまった。

主と貞子さんとのあいだで、やはり真実はレイプだったのだろうか。それを知っている地母は、ダンサーさながらの力強く華麗なプファのトライを、悲惨なストームの端緒からはあまりにもかけ離れたものとして、かえって許さなかったのだろうか。それとも、真実は主と貞子さんとのめくるめくような合意であっても、私たちの融合は逆に、あくまでも静かにさりげなく、そして非人間的なまでにメカニックに行われなければならないのかもしれない。

いずれにしても理不尽なこの状況を、プファは涙を浮かべながら私に訴えるが、どうにもならない。とうとう彼はつぎのように言わざるをえなくなった。

「プフィ、今度はあんたがトライする番だよ」

「そうか、たぶん私なんかもっと駄目だと思うけど、まあやるだけやってみるか」

とは言うものの、内心は小躍りするかのようだった。ついに自分の番がきたのだ。ただ、プファとはちがって、助走も何もつけずに、ゆっくりと私は地母の繊毛に近づいていった。そして、これまでの迷いや葛藤の気持ちそのままに、おずおずと身を委ねた。地母よこの私をみよ、私はけっしてはしゃぎながら派手にあなたへと融合してゆくのではない、とでもいいたげで、もうほとんど演技に近く、われながら卑しい心根だと思わざるをえなかった、もっとも、体力もかなり落ちてはいたのだけれど。それでもすぐに繊毛に捉えられ、仰向けに持ち上げられた。

「おお」

ふわっとした、重力からの解放感。頭上で、空を覆う絨毛の交錯が大きく展開した。ああもうこの自然の驚異も見納めだ。そう思いながら、プファのときと同じように、繊毛から繊毛へと体が送り込まれていくのを感じた。胴上げされているようで、すこし誇らしげな気分になりかけたが、それもつかのま、今度は逆にすこし気分が悪くなり、意識それ自体がぼんやりしてきて、あるいはむしろ、頭のなかにぽつんと闇の斑が浮かんでいるような感じになった。相変わらず繊毛は私を捉え、反転させながら高みのほうへと送りつづけるのだったが、同時にその反転のたびに、闇の斑がぽつぽつと増えてゆくような気がして、「なんだこれは」と、ある種の吐き気のようなものをおぼえながら、薄れてゆく意識のなかで思った。

20

いや、まぜまぜだ。射精の切迫感とともに、いまや、脳のなかの闇の斑と女の尻の上でゆらめく木漏れ日の斑とを区別できない。さらにはそのむこう、木の股に置かれた黒い大粒の葡萄の房とを区別できない。まぜまぜだ。揺れているのは葡萄の房であり、つやつやとした輝きを八方に放ちながら、黒斑の浮いた男の脳の惨憺たるありさまを、陽の斑として女の尻の上に繰り広げてみせているのだ。あるいは、同じことだが、輝きを放っているのは女の尻の上の陽の斑であり、闇の斑の浮いた木の股の惨憺たるありさまとして男の脳のなかをつやつやと黒く葡萄まみれにしているのだ。

そしてもちろん、さっき女の膣のなかに入れた葡萄の大粒もぐずぐずにつき崩れて、女の分泌液やら何やらとまぜまぜになってしまっていることだろう。

あえぎも汗も果皮も果肉も果汁も粘膜も分泌液も人造湖も缶コーヒーも、さあ、おまえの願った通りに、みんなまぜまぜだ、男が夢にみた黒い吐瀉物のようにまぜまぜだ。

そういう状態を、愛といってもいいし、憎悪といってもいいだろう。あるいは、愛というだけでは十分ではないし、憎悪というだけでも十分ではない。愛と憎悪を足して二で割っても、なお十分ではない。要するに、何といえばいいか、そう、人生の核心だ。男は人生の核心のほうへと、大麻もハシッシュもアルコールも要らずに、暮れようとしていたのかもしれない。

そして、気がつくと女の首に手をかけていた。以前にも、戯れに女の首を絞めながらセックスしたことがあるので、今度もそうだろうと女は思って、されるがままになっていた。じっさい、そうすると女もエクスタシーを迎えやすくなるし、膣の締まりもよくなる。だがもう、単純な快楽を味わうには、男の脳がハイブリッドになりすぎていた。首を絞めるということが、どういったらいいのか、それがもたらす性的な快楽を離れて、勝手にひとりで歩きはじめていたのだ。

男は過呼吸という言葉を思い出していた。呼吸ができなくなるのに、なぜ過呼吸というのだろう。それとも、呼吸しすぎてもう吸えないような状態になるので、過呼吸なのか。

ただ、後ろからでは絞める力に限界がある感じなので、男はいったん結合を解き、女を地面に接して仰向けにしてからもう一度挿入し、首を絞めつづけた。ふたりの肌は地面に接して、枯れ枝や朽ち葉や下草の湿っぽくとげとげした褥にまみれたが、虫のキャラバンはもう気にならなかった。膣が強烈に締まり出したというのに、射精の切迫感も消えた。しかし、そのときになっても女はまだ楽観しているようだった。あるいはエクスタシーが、判断停止のホワイトアウトが近かったのかもしれない。羊歯の葉さきに頰をなぶられるまま、眼を閉じて恍惚とのけぞるその表情に男のほうも錯覚して、一瞬、女はすすんで自分に殺されようとしているのではないかと思ったほどだ。死なない？　死んでくれる？　死のうよ！　それからようやく女の顔に変化が見られて、ことの重大さに気づいたようだったが、時すでに遅く、男はもう逆戻りできない力を込めてしまっていた。

そう、パニックだ。さっき女が言っていた、呼吸できないパニック。男だって同じだ。人生の核心に辿り着いて、それぞれの立場から、ふたりして勝手にパニックに陥っているのだ。

信じられなかった。いくら女のからだは柔らかいとはいえ、女の首筋に男の指がどこまでもめり込むのだった。そして、両腕に全エネルギーをそそいでいる分、体のほかの部分は血がすっかり引いて軽くなり、頭上の空の高みに吸い寄せられてゆくような気がした。昇天？　男はだから、すぐ真下に女を組み敷きながら、同時にひどく遠いところから腕を伸ばしてもいた。事の重大さに気づいた女の手がそれに絡み、首からほどこうとするが、もう遅い。死の切迫にようやく見開かれた女の眼には、空のまわりの木々の、逆光となって黒く渦巻く葉むらの天井がみえていたことだろう。それが俺のあの闇の斑だ。男はそう言いたかった。

男は力を込めつづけた。女は痙攣を起こし、口からは泡を吹きはじめた。叫びも洩れない半開きの女の口のなかで、最後に、舌がくるりと丸まるのがみえた。眼からは涙。その意味するところは、女が持っていた葡萄同様、いまもって男にはわからない。おまけに、男の額からぽたぽたと落ちる汗とまじって、究極のミニマムな水のまぜまぜになってしまった。最後の最後に、頸椎の折れる音がぐきっとして、女の首が力なく右肩のほうにうなだれた。朽ち葉が女の口元から流れたあぶく状の涎を受けて、その脇にひと粒の葡萄がつやつやと無傷のまま転がり、そのまた脇を蟻の群れが渡っていった。

21

気がつくと地母の内部にいた。しかし私自身の体はまるで透明人間になってしまったかのように、どこにもその存在が感じられなかった。なんとも不思議な感覚だが、ほかにどのようにも言い表しようがない。あるいはこれが地母との融合ということなのかもしれない。私はもう地母と一体になって、未知なる存在へと生成し変化してゆくその第一歩を歩みはじめているのかもしれない。

私は眩暈のようなものを感じた。ぐるぐると頭上がまわった。いや、私をついに包み込んだこのオレンジ色の球体そのものが回転を起こしているのだ。そうとしか思えない。私を迎え入れ、私とともに未知なる存在へと変容しはじめた地母の、これは喜びのダンスではあるまいか。

しかしそれは私の思い違いだった。回転はすぐに止み、私の体もまたうっすらと元の輪郭を取り戻していた。すると、闇に眼が慣れてゆくときのように、およその事情があきらかになった。地母は実は二重構造になっていて、私はまだ地母の中核をくるみ込む半透明なゾーンに入り込んだにすぎないのだった。卵でいえば、黄身を包む白身のなかにいるようなものである。外からは無数の繊毛に遮られて、その構造がよくはみえなかったのだろう。

　だから、あるいはここからが正念場なのかもしれない。なにしろ情報はないし、私が長年蓄えた知識も、ここにいたっては何の役にも立たない。液体のなかにいるようでもあり、依然として空気を呼吸しているようでもある。夢になかに入ってゆく瞬間のようでもあり、夢の外に出てゆく瞬間のようでもある。あらゆる意味での中間が実現されてしまったかのようだ。

「煉獄かもしれない、ここは煉獄かもしれない」無意味にも私は、本から得た知識を絞り出すようにわめいた。「ここは天国と地獄の中間にあり、死者の霊が罪の償いを果たすまで火によって苦しめられるというあの煉獄かもしれない」

　たしかなことは、もう体力がほとんど残されていないということ、それだけだった。こんな状態で、たとえばいったいこの内側の壁、地母の中核への壁、それをどうやって打ち破ったらいいのか。けっして硬そうではなく、むしろフェルトか何かでできているように柔らかそうだが、しかしそれだけにいっそうとりつく島もないようにみえるのだ。じっさい、さわると容易にへこむので、試しにストレートパンチさながら、握りこぶしをつくって勢いよく壁に突っ込んでみると、拍子抜けするように際限もなくへこむ。しかし、それだけだ。壁それ自体が突き破られてしまうことはない。腕をひっこめると、壁は何ごともなかったかのように元のひらたい表面に戻る。何度繰り返しても同じことだった。

私は膝からくずおれてしまった。さきほどのプフォのように。あるいは、主に追いつめられたときの貞子さんのように。「地母よ」と私は、もうなりふりかまわず、最後の見せ場で名せりふを吐く役者さながら、むなしくも言葉の力に訴えていた。

「地母よ、もしかしてあなたは、私の出自を問うているのでしょうか。貞子さんにとってはまだほとんど未知の、しかも利己的にして暴力的かもしれない主から出てきた私の出自を？　しかしそのことなら、私はもう十分に苦しみました。いや、このストームがほんとうに暴力的に引き起こされたのかどうかということさえ、私には確かめようがなく、地母よ、地母よ、その不確定性は私の出自をも超えた、この世の理そのものだったのではないでしょうか、私はそれにも耐えたのです」

地母からの応答は何もなかった。いったん私はあきらめて、今度は外側の壁のほうに行ってみた。こちらは半透明で、しかも不思議なことに繊毛の遮蔽もいまは消えて、やや曇りのかかったガラスを通すように外の光景が眺められた。メタセコイヤのような絨毛の巨木が交叉し重なり合うその下で、地べたに座り込んだプファが、彼は彼で私が受け入れられたとみたのか、信じられないといったような表情でこちらの方を見ている。もちろん私にだってわけがわからない。私がここにいることも、これからどうなるのかということも。私自身がシュレディンガーの猫の状態になってしまったかのようなのだ。体力も知力も、もう限界だった。

さようならと言おうとしたが、もちろん言葉は出ない。プファから眼をそらし、ふらふらと内側の壁のほうに戻ろうとしたとき、何かほかのものも視野に巻き込んだような気がして、私はもう一度外を振り返った。するとそこにもうプファの姿はなく、

「えっ、どうして？」

けれどもそれだけではない、驚くべきことに絨毛の大森林ももうみえず、代わって、ぼんやりとだが、ごくありふれた初夏の雑木林がひろがり、そのなかで絡み合う男女一対の姿がみえた。ひどく大きい。いや、私のいるオレンジ色の球体がひどく小さくなってしまったのかもしれない。私は侏儒のサイズで彼らを見上げた。男は女を木の幹につかまらせ、まるで大型哺乳類が交尾するように、後背から女につながっている。そして、耳に水でも入っているのか、それとも虫が飛んでいるのか、いや何か妄念にでも取り憑かれて、それを必至に追い払おうとしているのか、しきりに頭を振っている。そうだあの男だ、浜辺で意識が戻ったときから、ときどきまるで前世もしくは来世の自分のようにフラッシュバックされてきたあの男にちがいない。まぜまぜだ、過去も未来も、こちらの世界もあちらの世界も、ホモもヘテロも、ミクロもマクロも、希望も

絶望も、なにもかもまぜまぜだ――

という思いがみるみる蟻のように小さくなって、いや蟻そのものとなって半透明な壁の上を渡ってゆくように思われ、それから、ふたたび意識が薄れていった。

22

本作品は、「すばる」二〇〇八年八月号および十一月号に初出。
単行本化にあたって、大幅な加筆を施した。

引用文献出典
『タラッサ』フェレンツィ著　小島俊明訳（『全集・現代世界文学の発見　第7』、一九七〇年、学芸書林）

野村喜和夫（のむら・きわお）

一九五一年埼玉県生まれ。早稲田大学第一文学部日本文学科卒。戦後生まれ世代を代表する詩人のひとりとして、現代詩の先端を走りつづけるとともに、小説・批評・翻訳なども手がける。詩集に『川萎え』『反復彷徨』『特性のない陽のもとに』（歴程新鋭賞）『風の配分』（高見順賞）『ニューインスピレーション』（現代詩花椿賞）『街の衣のいちまい下の虹は蛇だ』『スペクタクル』『ヌードな日』（藤村記念歴程賞）『デジャヴュ街道』『現代詩文庫・野村喜和夫詩集』、小説に『骨なしオデュッセイア』、評論に『現代詩作マニュアル』『萩原朔太郎』（鮎川信夫賞）『証言と抒情――詩人石原吉郎と私たち』『哲学の骨、詩の肉』など。また、英訳選詩集『Spectacle & Pigsty』で2012 Best Translated Book Award in Poetry (USA) を受賞。

まぜまぜ

二〇一八年一〇月二〇日　初版印刷
二〇一八年一〇月三〇日　初版発行

著　者　野村喜和夫
発行者　小野寺優
発行所　株式会社河出書房新社
〒一五一―〇〇五一
東京都渋谷区千駄ヶ谷二―三二―二
電話〇三―三四〇四―一二〇一（営業）
〇三―三四〇四―八六一一（編集）
http://www.kawade.co.jp/

印　刷　株式会社亨有堂印刷所
製　本　小泉製本株式会社

Printed in Japan
ISBN978-4-309-92155-6